Günther Nenning

Es ist mir herzlich ernst

Günther Nenning

Es ist mir herzlich ernst

Satiren zur Zeit

Langen Müller

Schutzumschlaggestaltung: Wolfgang Heinzel
Umschlagillustration: Andreas Dusl, Wien
Satz: Schaber Satz- und Datentechnik, Wels (Austria)
Gesetzt aus 10.5/13.5 Punkt Walbaum auf Scantext 2000
Druck und Binden: Mohndruck,
Graphische Betriebe GmbH, Gütersloh
Printed in Germany
ISBN 3-7844-2488-0

Inhalt

Von Menschen, Zwergen und Affen

Gartenzwergismus

Reality is TV is Reality

Vom Affen zum Single

Glück durch Stau

Gartenzwergismus

Auf meinem Balkon habe ich keinen Gartenzwerg, sondern zwei. Sie beraten mich in allen wichtigen Angelegenheiten, und dementsprechend schauen meine Texte aus. Besonders dieser hier. Ich wende mich nämlich mit aller Entschiedenheit gegen die auf der Internationalen Gartenbaumesse in Köln vertretene Anschauung, daß auch Gartenzwerge arbeiten müssen.

Man sieht sie dort, elektronisch hochgerüstet, als Bewacher des Hauses, Öffner von Garagentoren, Rasensprenger, Bratspießdreher und Bierzapfer. Aber das Wesen des Gartenzwerges ist, sich auf seine Werkzeuge unbewegt zu stützen, nicht sie tatsächlich zu gebrauchen oder gar selber sich als Werkzeug mißbrauchen zu lassen. »Bloßes Anhängsel der Maschine« – das ist, sagte schon Marx, menschenverachtend. Um so mehr ist es zwergenverachtend.

Denn was ist der Gartenzwerg? Das Sinn- und Vorbild des Menschen in seinem Wesen als Null-Arbeiter. »Oh, Müßiggang, Müßiggang«, sang der

Hochromantiker Friedrich Schlegel in seinem sittenlosen Roman »Lucinde«.
Der Müßiggang, sang Schlegel, ist der letzte Rest vom Paradies, der dem Menschen noch verblieben ist. Der Müßiggang ist es, den die Gartenzwerge uns vor Augen führen – und das ist der tiefste Grund ihrer so berechtigten Beliebtheit!
Was unterscheidet denn, argumentiert Schlegel äußerst heidnisch, die Götter von den Menschen? Die Götter arbeiten nichts. Ein arbeitender Gott, der früh morgens ins Auto steigt, auf seinem Arbeitsplatz was leistet und nach Hause fährt, fernsieht und, wenn er noch genug Energie übrig hat, mit seiner Frau streitet – ist eine absurde Vorstellung.
Nicht-Arbeit ist göttlich. Nicht-Arbeit ist gartenzwergisch. Also sind unsere Gartenzwerge göttlich.
Aber ja, ich weiß schon, wir müssen alle arbeiten. Auch ich arbeite und leiste was, indem ich zum Beispiel diesen Text schreibe. Aber es darf uns bitte nicht verlorengehen, daß der Mensch außer arbeitender Mensch auch nichtarbeitender Mensch sein soll. Dafür ist uns der Gartenzwerg Garant und Unterpfand.
Man bedenke einmal kurz – denn lang darüber nachzudenken, ist gefährlich! –, wieviel von der schönen Welt der Mensch zerstört mit seiner Arbeitswut. Alles, was wir sehen an modernen Häßlichkeiten und verseuchter Umwelt – es ist,

direkt oder um ein oder zwei Ecken, das Ergebnis von Arbeit, sei's auch der falschen Arbeit. Natürlich gibt es auch richtige Arbeit – spricht einsichtig mein erster Gartenzwerg –, natürlich ist viel richtige Arbeit nötig, um wieder halbwegs zu reparieren, was durch falsche Arbeit angerichtet wurde an Zerstörung von Schönheit und Umwelt.

Jedoch – spricht mindestens ebenso einsichtig mein zweiter Gartenzwerg – schrecklich viel Arbeit, Leistung, Wachstum ist eben nicht schöpferisch. Ein arbeitender Gott ist unvorstellbar, ein schöpferischer Gott hingegen vorbildlich, blickt er fromm in den Zwergenhimmel.

Laßt uns außer arbeiten auch ruhen, betrachten, singen, tanzen, spielen! – wird er plötzlich ganz alternativ. Und plötzlich wieder ganz ökonomisch: Wenn unsere Wirtschaft jetzt außer sonstigem insbesondere Arbeitslose produziert – läßt sich denn nichts anderes denken und tun als Rückkehr zur alten, schlimmen Form von Arbeit? Was ohnehin nicht drin ist wegen ständiger Computerisierung, Rationalisierung und so fort.

Aus der kostspieligen Arbeitslosigkeit vorwärtsspringen in neue positive Formen von Arbeit und Müßiggang! – und seine himmelblauen Zwergenaugen werden plötzlich ganz grün.

Reality is TV is Reality

In Los Angeles sind lokale Fernsehsender mit dabei, wenn Verbrecher gejagt werden. Die Polizei rast hinter den Verbrechern her, und die Verbrecher rasen vor der Polizei davon. Oben im Hubschrauber sitzt der TV-Gott, zu richten über Polizisten wie Verbrecher. Er richtet die Kamera immer nur auf jene Polizisten, die am rasendsten hinterherrasen, und immer nur auf jene Verbrecher, die am rasendsten davonrasen.

Ja, die TV-Männer sind die Götter, die Polizisten und Verbrecher überhaupt erst erschaffen. Ein Polizist, der nicht im TV vorkommt, ist gar kein wirklicher Polizist, und ein Verbrecher, der nicht im TV vorkommt, ist gar kein wirklicher Verbrecher.

Alle Polizisten und alle Verbrecher sind gleich vor dem Auge der TV-Kamera. Dann aber kommt das letzte Gericht: Um wirklich auf den Bildschirm zu gelangen, müssen Polizisten wie Verbrecher ihr Letztes, ihr Höchstes geben. Sie sind sich der Größe des Augenblicks bewußt. Sie wissen genau, worum es geht. Während sie dahinrasen, beten sie ständig den ersten und zweiten Hauptsatz der TV-Metaphysik:

1. Ich bin im Fernsehen, also bin ich.
2. Ich bin nicht im Fernsehen, also bin ich nicht.

Die allermeisten Menschen sind nicht im Fernsehen, also gibt's die allermeisten Menschen gar nicht.

Sie sind gar nicht wirklich, sie tun nur so, aber sie zweifeln zunehmend daran, ob es sie gibt. Denn sie sehen sich nicht im Fernsehen, und nur was man im Fernsehen sieht, ist wirklich. Was man nicht im Fernsehen sieht, ist bloßer Schein. Der bloße Schein des Fernsehens hingegen ist die nackte Wirklichkeit.

Noch ein Ruck, und alles TV ist Reality-TV. Alle Wirklichkeit wird wie das Fernsehen, und alles Fernsehen wird wie die Wirklichkeit. Die fortgeschrittene Wirklichkeit läßt sich vom Fernsehen gar nicht unterscheiden und das fortgeschrittene Fernsehen nicht von der Wirklichkeit. Die Realität ist ein TV-Bericht, und der TV-Bericht ist die Realität.

Den Fernsehsendern geht's finanziell nicht mehr so besonders. Aber sie können sich helfen. So echt wie wirkliche Polizisten und wirkliche Verbrecher sind TV-Darsteller nie. Also fort mit ihnen. Statt diesen teueren Komödianten wird die echte, die ganze Menschheit beim Fernsehen angeheuert, um zeitgemäß geringen Lohn, nämlich gar keinen.

Für die Wonne, aus dem Kasten zu gucken, soll man nicht auch noch Geld wollen. Das wäre unverschämt.
Nicht das Fernsehen ist unverschämt, die Fernseher sind es. Sie verlieren jedes Maß. Sie greifen sich an und spüren Fleisch und Blut – hoppla, also existieren wir gar nicht. Wer real ist, der ist flach und färbig und redet komisch und bewegt sich komisch. Ab 22 Uhr begeht er Gewalttaten.
Der Fernseher, wenn er ab und zu spazierengeht, sieht vielleicht den Himmel und die Sonne, und alles ganz deutlich und groß. Also ist es bloßer Schein. Die Realität ist höchstens 70 cm diagonal und flimmert ein bißchen.

Vom Affen zum Single

Unaufhaltsamer Vormarsch der Singles wird vom Kriegsschauplatz unserer Industriegesellschaft gemeldet. In munteren Großstädten (Berlin, Frankfurt, München, Stuttgart) haben sie vermutlich schon mehr als die Hälfte der Wohnungen erobert. Freunde des Fortschritts feiern dies als Sieg der Individualität, Liberalität, Identität. Rückschrittler schimpfen über Absterben der Familie, Verwahrlosung des Gemeinschaftssinnes, Unsittlichkeit des Alleinlebens.
Progressive und Konservative haben, wie gar nicht so selten, beide unrecht.
Singles sind etwa zur Hälfte alte Menschen. Sie leben allein nicht zwecks Suche nach dem Selbst oder Verübung von Unsittlichkeit, sondern weil sie niemanden mehr haben. Sterben sie, werden sie womöglich erst aufgefunden, wenn sie durch die verschlossene Wohnungstür stinken.
Die jungen und jüngeren Singles – etwa die andere Hälfte der Einzelhaushalte – leben meist deshalb allein, weil sie sich Ehe und Familie nicht leisten können. Auch wenn sie gut bis sehr

gut verdienen, konsumieren sie so rasend, daß es sich für zwei oder mehr gar nicht ausgeht.
Sie sind der Wirtschaft liebste Kinder. Zwei Yuppie-Singles, die es bleiben, geben viel mehr Geld aus, als wenn sie heiraten und Kinder kriegen.
Ist noch weiterer Fortschritt möglich? Gewiß, denn er ist grenzenlos. Der Single wird *der* postmoderne Mensch, das mobile, leistungsstarke Plastikdenkmal an der Prachtstraße ins Nichts.
Einst war die Menschheit durchwegs gesellig, alle waren lieb zueinander wie die Affen. Folgte der Abstieg zur Ein-Mann-eine-Frau-ein-Hund-ein-Fernseher-Familie und von da zur Single-Kaufkraft-Einheit. Ein Triumph der freien westlichen Industriegesellschaft.
Zur Ehre der deutschen Sprache kann der Single in ihr gar nicht benannt werden, sondern nur im Anglo-Quacksprech, ohne Geschlechtskennzeichen. One-World-Unisex.
Auf dem Weg von der Voll- zur Nullmenschheit ist der Single die vorletzte Station. Und die letzte? Nach dem Single-Einer kommt der Fortschritt zur *Bruchzahl.* Schon gibt es neben der noch lebendigen Menschheit eine tiefgekühlte Reservemenschheit aus Einzelbestandteilen. Aus Augen-, Herz-, Leber-, Nierenbänken wird der neueste Mensch zusammenoperiert. Nach dem Single kommt der künstliche Single.
Er entsteht nicht mehr durch Absonderung von der geselligen Menschheit, auf negative Weise

also, sondern positiv durch Aufbau aus aufbewahrten Leichenteilen.

Das ist dann der unsterbliche Single. Er ist nicht nur so selbständig und unabhängig wie schon der bisherige, sondern überdies in allen seinen Teilen beliebig erneuerbar.

Das ist noch nicht das letzte Modell. Sollte die Menschheit, dank progressiver Umweltvergiftung, ihre Fortpflanzungsfähigkeit verlieren, wie neueste Untersuchungen vermuten – so ist das kein Malheur. Der Single kann dann geklont werden.

Der Freudenruf »Wir haben ein Kind gekriegt« wird ersetzt durch den Freudenruf »Ich habe mich klonen lassen«.

Ständige Organerneuerung, Klonen – das wird teuer. Aber der typische Single ist schon jetzt jene Einzeleinheit Mensch, die sich, zufolge Tüchtigkeit und Aufstieg, am meisten leisten kann. Der Single der Zukunft ist das unsterbliche Hochleistungs-Konsumidummi.

Der höchst selbständige, höchst unabhängige Single ist der Zombie der modernen Industriegesellschaft. Bricht diese zusammen – in einer Kriegskatastrophe, in einer Umweltkatastrophe; beides, sieht man jetzt, ist dasselbe –, so können *zusammenlebende* Menschensplitter, Familien, Dörfer, Gemeinden vielleicht überleben, indem sie gemeinsam Not- und Schattenwirtschaft betreiben. Der alleinstehende Single ist verloren.

Er, der restlos Unabhängige, ist von Besoldung und Belieferung durch die große, wunderbare Wirtschaft restlos abhängig.
Genau deshalb hat sie ihn so gern. Er ist der freien Marktwirtschaft unfreiestes Kind.
Die Singles sind die fortgeschrittensten Drogis der Marktwirtschaft. Sie ist die Muttersau, die Singles sind die Ferkel, die an ihren Zitzen Wohlstand saugen.
Der Single hat alles. Sein Liebesleben beruht nicht mehr auf dem zweifelhaften Kontakt mit lebendigen Leibern und Seelen, die womöglich Aids haben. Er treibt Safer Sex mit gekauften Objekten, die er in einem ununterbrochenen Strom der Abwechslung aus den besten Geschäften aller bereisbaren Städte der Welt in seine Gewalt bringt. Er ist paradiesisch polymorph pervers.
Freud mit seinen Unappetitlichkeiten müßte schamrot werden über arme Teufel, die herumschleichen, und wenn sie einen Schuh berühren, kommt es ihnen. Der Single ist der Fetischist der letzten Tage der Menschheit. Er schreitet durch sein Plunder-Paradies im Dauerorgasmus.
Der Single befriedigt sich selbst, fern vom Tumult der alten Menschheit, die verknüpft und verfilzt ist durch abertausend familiäre, ökonomische, sexuelle, emotionale Schleimfäden. Der Single hat die Chance der Einsamen, zur Klarheit und Kühlheit zu gelangen oder auch zu exklusiver Leidenschaft.

Der Single ist auf höchst materiellem Niveau eine *mögliche* geistige Figur – der neue Mönch, der alte Eremit, Antonius in der Wüste, und jede Nacht eine Orgie mit den neuesten Monstren, Hieronymus im Gehäuse und ihm zu Füßen ein Löwe, der ihn fragend anblickt.

Der Single spricht zum Löwen: Nein, das bin ich nicht, was du in diesem Text hier liest (die Löwen der heiligen Eremiten sind gebildete Löwen). Ich bin, das weißt du, gänzlich anders. Ich lebe nicht allein, weil mir nichts anderes übrigbleibt. Ich lebe nicht allein, weil ich schon alles probiert habe, in jeder Beziehungskiste ein Gefangener war und nun heraus will. Nein, ich bin Single als Versuchsperson für das andere Leben.

Da spricht der Löwe zum Single (die Löwen der heiligen Eremiten sind nicht nur gebildet, sondern weise, aber dunkel): Jeder Mensch ist ein Single. Kein Mensch ist ein Single. Ein Single ist kein Mensch.

Sprach's, legte sich zu Füßen des Meisters und schlief ein.

Das Löwen-Rätsel ist leicht.

Jeder Mensch ist ein Single: Denn er kann nicht heraus aus seinem Ich. Single heißt: Ich will aus meinem Ich was machen. Was er in Ehe und Familie gar nicht merkt, in der »wechselseitigen Lebensverbitterungsanstalt«, wie Nestroy sie nennt – als Single wird er darauf gestoßen:

Allein besteht aus dem All und dem Einen. Der Single geht auf die Suche nach sich selbst, aber im Zusammenhang mit der ganzen Welt um ihn.

Kein Mensch ist ein Single: Denn er kann nicht heraus aus der Welt. Er ist nie allein. Er schleppt mit sich in seine Einsamkeit all die Menschen, Dinge, Ereignisse, die ihm je begegneten, in seinem Leben, in Büchern, von mir aus auch im Fernsehen. Er hat ein weites Feld, auf dem er suchen und finden kann.

Ein Single ist kein Mensch: Das ist das Ergebnis der Suche und des Findens. Der Single ist eine Illusion. Er ist umstellt von der Welt, aber er hat luxuriöse Voraussetzungen, mit ihr fertig zu werden.

Der Single hat die Wahl. Er kann jämmerlich verlorenes Atom sein in der kerngespaltenen Konsumgesellschaft – er kann die Freuden des Alleinseins wahrnehmen im zähen Einheitsbrei der postmodernen Welt. Er kann Konsumidummi sein oder weise wie ein Eremit samt Löwe.

»Bin ich allein, was bin ich?« fragt ein unbekannter Rabbi im Talmud (3. Jahrhundert).

Antwortet ihm quer durch die Jahrhunderte der deutsche Philosoph und Griesgram Arthur Schopenhauer (»Parerga und Paralipomena«, 1851):

»Ganz er selbst sein darf jeder nur, solange er allein ist: wer also nicht die Einsamkeit liebt, der

liebt auch nicht die Freiheit, denn nur wenn man allein ist, ist man frei.«
Der Mann lebte in der Tiefe des 19. Jahrhunderts, aber als Einsiedler – unverheiratet, außer mit seinem Hund; berühmter Frauenhasser: Wie könne man das breithüftige, kurzbeinige Geschlecht für das schönere halten, fragte er – als Einsiedler also war er zeitlos und ein Prophet des künftigen Singles.
Den Schopenhauer-Spruch – den von der Freiheit des Einsamen; von mir aus auch den vom keineswegs schöneren Geschlecht – kann sich jeder Single übers Bett hängen.
Frei und einsam ist er dennoch ein armer Teufel. Wie findet er zurück zu den geselligen, einander liebenden Affen? Der Weg vorwärts zum Single ist mit Freiheit und Frust gepflastert. Womit ist der Weg zurück gepflastert, zurück aus der Verlassenheit in die Wärme und Nähe?
Nichts wissen unsere Singles von den Freuden der Einsiedlermönche in der ägyptischen Wüste – wahre Lebenskünstler (ab 250 n. Chr.). Der Eremit baute sich seine Zelle abgelegen, aber in der Nähe seiner früheren Wohnung; später standen stets mehrere Hütten beisammen, mit Hund und Hausgetier und in Rufweite voneinander. Sie waren stets allein und stets beisammen. Sie besuchten, bewirteten und begruben einander.
Das enge, durch Telefon, Partys, Reisen geknüpfte Beziehungsnetz der postmodernen me-

tropolitanen Singles ist den geselligen Wüstenmönchen unbewußt nachgebaut. Die Singles sind High-Tech-Eremiten. Nur vom Tod wollen die feigen Postmodernen nichts wissen.
Wonne und Tod des Singles hat Wilhelm Busch teuflisch nahtlos aneinandergestückelt:

»Sauerbrot, der fröhlich lacht,
Hat sich einen Punsch gemacht.
Heißa, rufet Sauerbrot,
Heißa, meine Frau ist tot.
Knarr, da öffnet sich die Tür,
Siehe, wer tritt da herfür –
Madam Sauerbrot, die schein-
tot gewesen, tritt herein.
Zu Salz erstarret Sauerbrot
Und nun ist er selber tot.«

Altsingle Sauerbrot tät' schauen, wenn er die Wohnung des postmodernen Top-Singles beträte. Sie ist so geräumig, daß zwei altertümliche Normalfamilien bequem Platz fänden. Sie ist so vollgeräumt mit High-Tech-Plunder, daß mehrere Mafiabanden Beute genug fänden. Jede Familie hätte irgendwas zum Anbeten, irgendwas mit Knöpfen und Lämpchen und Hi-Fi-Lärm, zu dem sie sagen könnte, ja, das bist du, mein Gott des Glücks.

Glück durch Stau

Der Mensch ist ein Räuber und Mörder. Der Autofahrer ist der Gipfel des Menschen. Also ist er ein Super-Räuber und Super-Mörder. In Europa fährt er jährlich etwa ebenso viele Mitmenschen tot (40 000), wie im Golfkrieg starben. Soweit er seine Mitmenschen nicht umbringt, beraubt er sie der Ruhe und des Schlafes, der Lebensfreude und Gesundheit. Er verlärmt alles Land und alle Stadt, er vergiftet Luft, Boden, Wald. Der Autofahrer ist ein Super-Sadist.

Wie jeder Sadist ist er auch Masochist, also Super-Masochist. Er lebt in einem blechernen Sarg. Die Innenluft in seinem Auto ist gerechterweise noch giftiger als die von ihm vergiftete Außenluft. Er atmet Giftschwaden und Zugluft. In verkrümmter Haltung fährt er jenem höchsten Augenblick entgegen, in welchem ihm ein anderer Autofahrer hinten hineinfährt oder vorne oder seitwärts, oder er selber anderen hinten, vorne oder seitwärts.

Der Lust am Crash ist kein Ende. Klappt es nicht mit der wechselseitigen Befriedigung, befriedigt sich der Autofahrer selber, er schleudert sich aus der Kurve oder in die Landschaft oder über Brücken. Einst nannten die Franzosen, als sie noch elegant waren, den Koitus einen »kleinen Tod«. Der Autofahrer geht aufs Ganze. Er will den »großen Tod«.

Als Vorspiel zum Orgasmus des Unfalls fährt er mit überhöhter Geschwindigkeit oder – als besonderer Genußspecht – auf der falschen Seite der Autobahn. Er geht fremd.

Aber was sind das alles für läppische Spielchen gegen die Lust am Stau! Was ist die noch so überhöhte Geschwindigkeit gegen absolut gar keine! Was ist die Bewegung auf der falschen Fahrbahn gegen die Bewegungslosigkeit auf sämtlichen Fahrbahnen! Der Stau ist die perfekte Glückseligkeit des Sado-Maso-Automobilisten: seine Verwandlung in den Immobilisten, ins Gegenteil seiner Selbst, die totale Entpersönlichung, die tiefste, wundervollste Erniedrigung.

Oh, Lust des Autofahrers am Stau! Scharfer Schmerz der Kette, an der du bewegungslos, willenlos schmachtest, japsend im jähen Geworfensein aus blödsinniger Bewegung in blödsinnigen Stillstand. Ja, so impotent kann kein Brutalo sein, daß es ihm nicht doch noch kommt, wenn eine überlegene Faust ihm an der Gurgel sitzt und das Gas abdreht. STAU! Höllischer STAU! Himmlischer STAU! Drück zu, STAU! Gib mir noch mehr STAU! Bitte immer wieder STAU!

Autofahren ist immerhin ein Irgendwas, STAU ist das Nichts. STAU ist die Ankunft im Nirwana des Automobilismus.
Der Autofahrer ist ein Drogi. Seine sanfte Droge ist die Selbstvergiftung, Selbstvernichtung durch Fortbewegung. Seine harte Droge ist die Selbstvergiftung, Selbstvernichtung durch Stillstand.
Der Mensch, ursprünglich ein manchmal intelligentes Wesen, ist durch das Automobil zum Vollidioten geworden. Aber der Gipfel seines Idiotismus ist nicht die Fortbewegung im Automobil, sondern der Stillstand in ihm. Darin erst hebt sich das »Automobil«, das heißt der »Selbstbeweger«, selber auf. Der Selbstbeweger bewegt sich nicht mehr.
Die Krönung der Geschichte des Automobils ist nicht die immer größere Geschwindigkeit, sondern der immer häufigere, immer längere Stau.
Daß immer mehr Leute immer mehr Autos kaufen können, führt nicht zur Demokratie, sondern zur Anarchie. Voraussetzung für die Flüssigkeit des Verkehrs ist: Eine Minderheit der Menschheit fährt Auto, eine Mehrheit nicht. Kehrt sich das um, gefriert die Verkehrsflüssigkeit: Je mehr Menschen Autos besitzen, desto weniger können sie damit fahren. Wenn alle Menschen Autos besitzen, kann keiner mehr damit fahren. STAU total.
Wenn der letzte Automobilhändler dem letzten Menschen ein Auto verkauft, ist es das letzte

Auto, das verkauft worden sein wird. Die letzte der glänzend bunten Anzeigenseiten wird erschienen sein. Gespenstische Stille wird sein über den Automobilfabriken, die die Luft verdreckten, ehe die von ihnen produzierten Autos die Luft verdreckten. Die Automobilverkaufshallen werden sich zurückverwandeln in Kaffeehäuser. Und draußen auf den Straßen werden die immobilisierten Automobile stehen, Stoßstange an Stoßstange, viele Tausende Kilometer lang, eine endlose, sinnlose Sondermülldeponie.
Der weise Mensch wird gebannt die unbewegliche Blechschlange betrachten, und der Anblick wird ihn noch weiser machen.
Die Geschichte des Automobils mündet im Nullomobil, das der Besitzer stehenließ, weil es nicht mehr der Fortbewegung diente. Die Geschichte des Staus mündet im Totalstau.
Vollmotorisierung ist Vollidiotisierung. Solange es aber noch nicht so weit ist, also noch eine hübsche kleine Zeit lang, lasset uns frohlocken und hübsche kleine Witzchen machen, daß uns der saure apokalyptische Ernst vergeht. Es ist nicht realistisch, von der Zukunft zu reden, wenn es keine gibt.
Freuen wir uns also der Menschlichkeit des Staus. Die Hölle des Verkehrs verwandelt sich rück in die Vorhölle, die vergleichsweise paradiesisch wirkt. Im ruhenden Verkehr soll sogar schon echter Verkehr beobachtet worden sein,

auf der bleigeschwängerten Wiese, unter stickstoffgeschädigtem Hollerbusch. Andernfalls kann auf dem Lenkrad Zeitung gelesen werden, Väter und Söhne spielen Federball, Mütter und Töchter essen kraftspendende Müsliriegel, sogar ein Gespräch ist möglich zwischen den Insassen feindlicher Automobile, ehe die Verkehrsschlacht wieder beginnt.

Na, haben wir's nicht schön! Na, haben wir nicht einen Fortschritt! Was soll das ewige öde Öko-Gequatsche! Vom täglichen Stau bis zum totalen Stau dauert's noch ein Weilchen. Oh, weile doch, Weilchen, du bist so schön.

Eine ganz neue Erotik

»Geschlechtsverkehr, bitte ankreuzen«

Männer sind erfolgreichere Frauen

Frau statt Fernsehen

Manager liebt Managerin

»Geschlechtsverkehr, bitte ankreuzen«

Ich schmiegte mich an sie. Sie schmiegte sich an mich. Alles war klar. »Gibst du mir das schriftlich?« fragte ich sie. »Was soll ich dir schriftlich geben?« fragte sie in süßer Verblüffung. »Daß du gewillt bist, mit mir Geschlechtsverkehr zu haben, wenn aber nicht, so gib bitte an, bis zu welchen Formen sexueller Intimität du deine Zustimmung gibst. Zutreffendes bitte ankreuzen.«

Ich hatte das Formular mitgebracht. Es war ein kreuzbraves Mädchen. Sie kreuzte brav alles an. Wir sprachen dann noch ein bißchen über die neuesten Wendungen des neuesten Feminismus und über die erschreckende Zunahme sexueller Belästigung von Frauen durch Männer, Männern durch Frauen, Frauen durch Frauen, Männern durch Männer, Kindern durch Männer und Frauen, Frauen und Männern durch Kinder. Oh, what a sexy world!

Unwillkürlich verfielen wir in die präzise Ursprache des Kampfes gegen die allgegenwärtige sexuelle Belästigung. Daß »physical harassment«

verboten ist, die ekle körperliche Berührung, das bedurfte keiner Diskussion zwischen uns. Sicherheitshalber gaben wir uns auf jeder Ebene des körperlichen Kontaktes, auf die wir gerieten, wechselseitig die ausdrückliche verbale Zustimmung, die wir sicherheitshalber auch noch schriftlich fixierten. Nebenan wohnte ein Notar, aber der war nicht zu Hause.

Nicht ganz klar waren wir uns über die Ebene des »verbal harassment«, der schändlichen Belästigung durch anzügliche Worte. Wir waren schon ziemlich ausgezogen, was hieß da noch anzüglich? Mußten wir uns, wenn wir einverständlich ausgezogen waren, wieder einverständlich anziehen, um einverständlich anzüglich sein zu dürfen?

Auch da fanden wir eine Lösung. Immer wenn wir einander irgendwelche garstigen Dinge sagten, Sie wissen, liebe LeserInnen, postmoderne LiebhaberInnen können ganz schön ordinär sein – da griffen wir vorher zu dem kleinen Notizblock beim Bett, legten die Anzüglichkeiten einvernehmlich schriftlich fest und bewilligten sie uns Wort für Wort. Es war richtig schön und geil bis geht nicht mehr.

Jetzt aber, wie ist das mit dem »nonverbal harassment«? Die nichtwörtliche sexuelle Belästigung, ist die nicht wieder identisch mit der körperlichen sexuellen Belästigung, von der wir in unserer Diskussion ausgingen?

Die wörtliche sexuelle Belästigung ist eine nichtkörperliche sexuelle Belästigung, aber ist darum die nichtwörtliche sexuelle Belästigung eine körperliche sexuelle Belästigung? Gibt es denn nicht auch eine nichtkörperliche, nichtwörtliche sexuelle Belästigung, und ist diese nicht noch verwerflicher als alle körperlichen, wörtlichen, nichtkörperlichen und nichtwörtlichen sexuellen Belästigungen?
Auch dieses Problem lösten wir. Bevor wir uns anzüglich anblickten, blickten wir uns vorgängig und ausdrücklich nicht anzüglich an. Wir nickten uns nonverbales Einverständnis zu, welches wir nachträglich ausdrücklich verbalisierten und auch in Schriftform festhielten.
Es war ein wundervoller Abend, auf allen Ebenen, und von einer ganz neuen Erotik des unermüdlichen vorgängigen und ausdrücklichen Einverständnisses. Einverständnis ist das Wesen der Liebe.
Wir haben uns schon ein neues Zusammentreffen ausgemacht. Wir nannten es, in der scherzhaften Stimmung, in der wir waren, ganz fachmännisch/fachfrauisch ein »rapedating«. Unser »Vergewaltigungs-Rendezvous« werden wir in seinem Ablauf schriftlich festlegen, unter Anführung der einschlägigen, ja reichlich vorhandenen Literatur. Auch fernsehen werden wir fleißig, da lernt man immer wieder was dazu.

Männer sind erfolgreichere Frauen

Daß die erfolgreichen Frauen bessere Männer sein müssen, ist Schnee vom vorvergangenen Jahr. Längst arbeiten erfolgreiche Managerinnen mit *weiblichen* Waffen. Arbeiten aber erfolgreiche Manager mit männlichen Waffen – bleiben sie nicht erfolgreich.

Denn die öffentliche Szene, was immer das ist, wird längst beherrscht von voll entfalteten, angriffslüsternen Frauen. Wehe, der erfolgreiche Mann sagt was Männliches oder tut es gar – schon wird er aufgeblattelt wie nix.

Der Nadelstreif-Macho ist ein Minus-Typ. Er kommt nicht an. Das Bild vom Mann wird bestimmt vom postfeministischen Establishment. Unsere tägliche Denunziation des Mannes gib uns heute, und vergib uns unsere Schuld gegenüber der Frau, wie auch wir nicht vergeben unsere männliche Schuld.

Die Männer sind in der Defensive. Ständig müssen sie nachweisen, daß auch sie die Frauen für besser halten als die Männer, während die

Frauen nachweisen müssen, daß sie die Frauen für besser halten als die Männer.
Logische Folge: Erfolgreiche Männer müssen bessere Frauen sein.
Ja, früher war es vielleicht einmal so, daß erfolgreiche Frauen bessere Männer sein mußten als die Männer selbst. Jetzt ist es genau umgekehrt. Erfolgreiche Männer müssen bessere Frauen sein als die Frauen selbst.
Kleidung, Auftreten und Duftnote bestimmt der erfolgreiche Manager nicht mit gleicher Sorgfalt wie die Frau, sondern mit größerer. Er läßt sich von den teuersten Werbefritzen beraten wie einst die Frau von ihrem Friseur.
Ist es noch nicht so, wird es bald so sein. Der Zug ist abgefahren. Frauenwerte steigen, Männerwerte sinken. Erfolgreiche Männer müssen über ein hohes Maß an Emotionalität verfügen. Der eiskalte Machiavellismus, die aus den Hoden aufsteigende, stinkmännliche Machtgier ist kontraproduktiv.
Wenn jetzt Frauen aufsteigen, immer mehr Frauen in immer mehr Top-Positionen, so beileibe nicht, weil sie Männlichkeit versprühen. Die Frauen steigen nicht auf, weil sie wie Männer sind, sondern weil sie wie Frauen sind.
Draus folgt ja eben: Steigen Männer auf, was zunehmend seltener wird, aber immerhin, es passiert noch allzuoft – müssen sie Frauen sein, bessere Frauen, die besten Frauen, die es je gab,

seit die Frauenemanzipation ihr Löwinnenhaupt erhob.
Natürlich ist das auch richtig so, ich sehe ein, daß ich ein Macker bin, und will's auch nicht wieder tun. Jeder Mann mit Sinn für Gerechtigkeit muß heute für die Frauen eintreten, wie jede Frau mit Sinn für Gerechtigkeit heute gegen die Männer eintreten muß.
Das weibliche Klima wird alldurchdringend. Und nicht weil soundsoviele Frauen an die Spitze kamen, entstand dieses weibliche Klima. Sondern umgekehrt, erst als das weibliche Klima vorherrschend wurde, erfolgte quasi automatisch und naturgesetzlich der Aufstieg der Frauen in einem unaufhaltsamen, unaufhörlichen Strom.
Erst wurde die Bewußtseinsschlacht geschlagen und gewonnen von der leichten Voraus- und Aufklärungstruppe der Frauenrechtlerinnen, Feministinnen, Emanzen, oder wie sie alle beschimpft wurden. Jetzt wird die Jobschlacht geschlagen und gewonnen. Jetzt rollen ungehindert die Frauenpanzer und besetzen Managerland.
Die erfolgreichen Männer kämpfen mit dem Rücken zum Abgrund. Vor ihnen die Frauen, hinter ihnen das Nichts. In Wahrheit bleibt ihnen nur noch ein Trick: Sie müssen Transvestiten werden. Die erfolgreichen Männer mutieren zu erfolgreichen Frauen.

Wir harten Hunde haben keine Chance. Es ist das Zeitalter der Katzen. Mit der Gewandtheit der Pantherin gleiten die erfolgreichen Männer auf dem schwindligen Top-Parkett vorwärts und aufwärts und immer öfter dennoch aus, wenn nämlich eine richtige Großkätzin daherkommt und kurz mal faucht.

Pst, nur ja kein harter Griff, nur ja kein lautes Wort. Man beachte, wie sich der schrill altmodische Sopran der Frau Chefin senkt zum üppig modulierten Alt der Jungmanagerin. Wir Männer müssen uns dem annähern. Der harsche Befehlsbaß des Bosses muß aufsteigen zum schmeichelnden Sopran des Jungmanagers.

Ach, ich möchte nicht mißverstanden werden. Ich bin doch für das alles. Ich war schon Feminist, als die Genossinnen noch Kaffee kochten für die Obermachos der 68er Revolution. Mich freut das alles diebisch, was jetzt passiert.

Mir kann's gar nicht weit genug gehen. Schon beobachte ich fasziniert, daß in dieser Oper vom Sieg der Frauen über die Männer die Managerinnen Bariton singen und die Manager Falsett. Oh, Zwickzange der Weltgeschichte!

Frau statt Fernsehen

Ich hab' es schon immer gewußt, und jetzt krieg' ich's bestätigt durchs Orakel von Illereichen. In diesem hübschen deutschen Städtchen sitzt in einer Höhle auf einem dreifüßigen Untersatz, umwabert von den Räucherdünsten der demoskopischen Wissenschaft, das Wickert-Institut für Meinungsforschung. Jüngst forschte es über Mensch und Fernsehen. Wir beide, es und ich, wissen jetzt endgültig: Der fernsehende Mensch ist kein schlechter Mensch. Und: Die fernsehende Frau ist der bessere Mensch.

Nur 14 Prozent der befragten Männer sagten: »Vier Wochen ohne Fernseher würde mich mehr treffen als vier Wochen ohne meine Frau.« Und gar nur 7 Prozent der Frauen sagten: »Vier Wochen ohne Fernseher würde mich mehr treffen als vier Wochen ohne meinen Mann.«

Zwar sind also die Fernseher doppelt so unmenschlich wie die Fernseherinnen, aber die FernseherInnen insgesamt sind gar nicht so unmenschlich. Unter Abzug der Unentschiedenen hängen 68 Prozent der Männer mehr an ihrer

Frau als an ihrem Fernseher, und gar satte 87 Prozent der Frauen hängen mehr an ihrem Mann als an ihrem Fernseher.
Wie schon Goethe so treffend zusammenfaßte: Der Mensch ist gut, das Fernsehen ist schlecht.
Ja, ganz im Ernst, diese Umfrage ist eine schmetternde Niederlage der TV-Industrie! Nach all ihren Anstrengungen liebt dennoch nur eine kleine Minderheit das Fernsehen mehr als den Nächsten oder die Nächstin.
Jetzt arbeiten die TV-Fritzen seit Jahrzehnten an der Verblödung der Menschheit, so nannten es doch alle Oberlehrer aller TV-Nationen, und das ist das jämmerliche Ergebnis ihrer Mühen!
Vielstündiges Sitzen täglich und nächtlich vor dem Teufelskasten, von der Wiege bis zur Bahre. Zehntausende Morde, Vergewaltigungen und sonstige Unsittlichkeiten, willenlos eingesogen schon im zarten Alter. Unser ganzes Leben hat sich geändert durch das depperte Kastl. Nichts ist mehr wie es vor der TV-Sintflut war. Und trotz der vielverdammten Idiotisierung, Brutalisierung, Sexualisierung blieb der Mensch ein Mensch.
Das TV-Kastl schrumpft auf seine wahre Größe. Die überwältigende Zahl aller Männer liebt die Frau, sogar die eigene, mehr als das Kastl, die noch überwältigendere Zahl aller Frauen liebt den Mann, sogar den eigenen, mehr als das Kastl.

All die nutzlos vor dem Kastl versessene Lebenszeit! Wozu, wozu? Wir wurden nicht schlechter, wir blieben gut. Es war verlorene Zeit. Der Mensch ist zäh, ihn umzufunktionieren ist verlorene Liebes- oder Teufelsmüh.
Es ist ja unglaublich. Der Mensch hat's lieber schwer als bequem. Denn ohne Zweifel ist doch die Flimmerkiste bequemer als die Beziehungskiste. Zwischen Mann und Frau läuft ja immer was schief, es dauert, bis man wieder gut beisammen ist oder gar nicht mehr beisammen ist oder doch wieder beisammen ist. Und genau diese wirkliche Welt ist aufregender als die Flimmerwelt. Wir sind wirklich gut.

Manager liebt Managerin

Manager liebte Managerin. Sie saßen eng aneinandergeschmiegt, es ging gegen drei Uhr morgens, es war die Stunde der Geständnisse.

»Liebste«, drehte der Manager am Whiskyglas, »ich habe eigentlich weder Vater noch Mutter.«

»Aber Liebster«, streichelte ihn die Managerin, »du hast doch mich.«

Und nach einer Pause: »Auch ich habe eigentlich weder Mutter noch Vater.«

»Aber Liebste«, drückte sie der Manager, »du hast doch mich.«

Beide waren transgene Mutanten, gemixt aus dem Genmaterial berühmter Manager.

Wenig später übersiedelten sie aus der Eden-Bar in sein nahegelegenes Penthouse, mit Blick auf den Stephansturm. Noch war der Geständnisse kein Ende. Man weiß ja, daß beim Gen-Basteln nicht immer alles klappt. Bei ihm war beim Mixen der Gene ein Stück verlorengegangen, jenes, das zuständig ist für die Bildung des männlichen Geschlechtsteiles.

Und wie der Zufall so spielte, bei ihr war beim Gen-Mix ein Stück weggebrochen, das verantwortlich ist für die Ausbildung des weiblichen Geschlechtsteiles.

Möglicherweise war beides gar kein Irrtum. Ein für seine Aufdeckungen bekanntes und beliebtes Nachrichtenmagazin veröffentliche folgendes Faksimile:

»Der Generalsekretär der Industriellenvereinigung. Wien, den …

Mein lieber und hochverehrter Freund und Professor! …

Ihnen als dem Doyen der österreichischen Gen-Forschung, deren Rückstand sowohl beklagenswert ist, wie auch gar nicht besteht, wofür Ihre großartigen Leistungen Zeugnis sind, darf ich mich in einer heiklen Frage rückhaltlos anvertrauen.

Es wäre für die österreichische Wirtschaft von höchstem Interesse, wenn es Ihnen nicht nur gelänge, die Gene berühmter Österreicher und Österreicherinnen zu mixen, sondern dies zu vollbringen unter Weglassung der für das Sexualleben nötigen beziehungsweise ebendrum unnötigen Anlagen, da diese ja doch nur, wie uns beiden geläufig, im Wirtschafts- und politischen Leben zu störenden, unberechenbaren Abweichungen führen …«

»Das Treiben stört das Wirtschaftstreiben«, pflegte der nicht unwitzige Industriellen-Gene-

ral im privaten Kreis drastisch zu formulieren. Dabei setzte er ein Lächeln auf, das etwa sagte: Das haben wir aber jetzt im Griff.
Tatsächlich, als in den frühen Morgenstunden es zwischen Manager und Managerin zu Intimitäten kam, zeigte er ihr bekümmert sein Etwas. Und sie zeigte ihm bekümmert ihr Garnix.
Jede Abweichung vom Wirtschaftsleben war ihnen verwehrt für immer. »Ich muß ihm treu bleiben, meinem Konzern«, seufzte er. »Ich muß ihm treu bleiben, meinem Konzern«, seufzte sie.
Was tun? – riefen sie wie aus einem Munde. Es war ein Zitat von Lenin.
Lenin wußte es auch nicht, beziehungsweise er wußte es, aber es war das Falsche: Revolution – aber wie, da die beiden doch so grausam selbst der einfachsten Mittel zur Auflehnung gegen den Kapitalismus beraubt waren?
Resigniert sagte der Manager zur Managerin: »Dieser Dr. Watson ist ein Schwindler.«
»Was soll das?« fragte sie ratlos. Wollte ihr Geliebter mit Hilfe des Gefährten von Sherlock Holmes das ihnen Geraubte wieder zurückkriegen?
»Ich meine James Watson, den Nobelpreisträger, den Entdecker der Doppelschraubenwindung der DNA. Er ist der Vater der Gen-Forschung und leitet jetzt das ›Human Genom Project‹ der US-Regierung. Für drei Milliarden Dollar plant

er binnen 15 Jahren eine komplette Kartierung der drei Milliarden Protein-Basenpaare des menschlichen Erbgutes. Ein Dollar pro Basenpaar, nicht viel eigentlich.«

»Das weiß ich doch alles«, sagte sie spitz. »Warum ist er ein Schwindler?«

»Weil so etwas wie Liebe in dem Projekt nicht vorkommt, meine Liebe. Die machen einen Bauplan des Menschen, als wäre er ein Automobil oder eine Weltraumrakete. Und gibt's einen überflüssigen Konstruktionsteil – husch, weg damit.«

Schmerzlich griff der Manager sich an sein Etwas, das etwas in die Höhe stand wie bei einem Zweijährigen.

Da stieß die Managerin seine Hand beiseite, die zärtlich auf ihrem Garnix lag. »Hör mal«, sagte sie cool, »du leitest doch einen Gen-Tech-Konzern. Und ich den von der Konkurrenz. Was sind das für Reden?«

Am nächsten Tag saß er in seinem kuscheligen Chefbüro in der 153. Etage. Hier traf er seine blitzschnellen, knallharten, gefürchteten Entscheidungen. Sie saß in ihrem kuscheligen Chefbüro im gegenüberliegenden Tower in der 179. Etage. Hier traf sie ihre gefürchteten, knallharten, blitzschnellen Entscheidungen.

»Wenn wir zwei nicht miteinander fusionieren können«, hauchte er zärtlich ins Telefon, »so

könnten doch unsere Konzerne miteinander fusionieren!«
»Ach«, hauchte sie zärtlich, »Sex führt ohnehin nur zu Aids. Erotik aber ...«
»Höchste Erotik«, hauchte er knallhart, »ist die Fusion zweier Konzerne.«

Tiere
sind bessere
Menschen

Dr. med. Hund

Neun Flöhe

Der Löwe von Sarajevo

Auch Tiere sind Wähler

Dr. med. Hund

Jetzt gib's einen ganz neuen Typ von Ärzten, entnehme ich einem Bericht des britischen Mediziners Andrew Edney. Die Diagnose erfolgt mit der Nase. Sie riechen die Krankheit schon beim ersten Anzeichen. Auch das elektrische Feld des Menschen und seine Veränderung durch beginnende Erkrankung nehmen sie durch ihre spezielle Ausbildung direkt wahr, ohne komplizierte technische Geräte.
Besonders gut gelingt die Frühdiagnose, berichtet Dr. Edney, knapp vor einem Herzinfarkt, vor einem epileptischen Anfall oder vor Bewußtseinsverlust infolge Zuckerkrankheit. Da beginnen sie zu winseln und zu bellen oder laufen zum Nachbarn um Hilfe. So schildert es Dr. Edney an Hand von 120 Krankengeschichten.
Die tüchtigsten Frühdiagnostiker und Hilfeholer sind sensible Rassen wie Collies, Retrievers, Neufundländer, auch Dalmatiner, Afghanen, Huskies, Boxer und Chowchows.
Hunde sind nicht nur erstklassige Diagnostiker, sondern ebensolche Therapeuten. Durch ihre

bloße Anwesenheit und Freundlichkeit haben sie heilende Wirkung. Dem Hund vertraut der Mensch wie kaum einem Arzt.
Gegenüber Ärzten habe ich stets so ein Mißtrauen, wie ich es gegenüber Hunden eigentlich nie habe. Darin bestärkt mich nun die Forschungsarbeit des Dr. Edney. Danke, Doktor! Sie fanden heraus, was ich immer schon vermutet habe: Hunde sind die besseren Menschen.
Hunde-Ärzte sind liebevoller als die meisten Menschen-Ärzte. Mein Hund weiß einfach genauer, was mit mir los ist. Er kennt alle meine seelischen und körperlichen Gebrechen.
Hunde-Ärzte fordern allerdings ganz hart den engen geistigen Kontakt mit ihren Menschen-Patienten. Das machen sie zur Bedingung jeder Behandlung.
Medizin-Hunde sind das genaue Gegenteil von Medizin-Menschen, die von ihren Patienten möglichst wenig wissen wollen, weil sie keine Zeit haben, draußen wartet schon der nächste Patient, von dem sie möglichst wenig wissen wollen. Mein Hund hat für mich immer Zeit, mein Arzt nie.
Menschen-Ärzte sind altmodische Mechaniker. Dr. med. Hund ist modernster Ganzheitsmediziner. Längst ist die vom Menschen am Menschen ausgeübte Medizin unmenschlich. Der Medizin-Mensch kann alles, außer Menschen heilen. Der Medizin-Hund kann gar nichts, außer Menschen

heilen. Folglich hat die Hunde-Medizin eine große Zukunft.
Während ein besserer Medizin-Mensch nicht ruhen kann, ehe er eine schöne Villa hat – durch nichts läßt er sich aufhalten, außer wenn er selber einen Herzinfarkt kriegt vor lauter Sich-nicht-aufhalten-lassen –, begnügt sich der bessere Medizin-Hund mit seinem Stammplatz auf dem Sofa.
Während die Medizin-Menschen nicht ruhen und rasten bis zum wohlverdienten Herzinfarkt, ruht und rastet mein Medizin-Hund fast immer. Nur aus dem Augenwinkel beobachtet er mich mit scharfem Diagnostiker-Blick. Mir kann echt nichts passieren.
Keinesfalls aber darf man die Ausbildung von Medizin-Hunden den Medizin-Menschen überlassen. Da gehen die Vorteile der Hunde-Medizin gleich verloren. Drum wurde in den USA bereits die »Golden Retriever Clinic« gegründet, wo die erfahrensten Medizin-Hunde für Ausbildung des Nachwuchses sorgen.
Mein Hund ist MCM (Master of Cyno-Medicine, Magister der Hunde-Medizin). Was ist los? Plötzlich winselt und bellt er. Man hört es – mit ein bißchen Elektronik ist das keine Zauberei – in der Notrufzentrale. Tatü, tatü, der Menschen-Arzt kommt angebraust. Mein Hund beißt ihn ins Bein.
Rettungsarzt flüchtet, das ist meine Rettung. Ein

so frühzeitig erkanntes Herzinfarkterl heilt mein Hund selber. Er legt seinen Kopf fachkundig an mein Herz. Und schon zieht tiefer Friede in dieses.

Neun Flöhe

Wir sind alle keine Rassisten. Sind wir aber, außer keine Rassisten, auch noch Männer, tun wir uns schwer, wenn wir hinnehmen müssen, daß Andersartige viel größere Potenz haben als wir. Soeben erfuhr ich von welchen, die springen 150 Mal so weit, wie sie lang sind, und dies 10000 Mal hintereinander, dann erst sind sie müde.

Sie kommen bis zu neun Monate ohne jegliche Nahrung aus. Kriegen sie wieder welche, essen sie gern und viel, aber nach dem Essen ruhen sie nicht, sondern paaren sich pausenlos und mit solcher Leidenschaft, daß sie nach wenigen Tagen an totaler Erschöpfung sterben.

Ja, so sind sie, die Flöhe, laut Professor W. Maunder, Siphonopterologe (Flohforscher) an der bestrenommierten britischen Universität Cambridge. Dazu kommt, daß diese Sex- und Hungerkünstler gar keine Inländer sind. Unsere heimischen Flöhe haben wir ausgerottet, es sind ausländische, die uns jetzt massenhaft zu schaffen machen.

Theodor Ramp von Ciba-Geigy wird im »Wall Street Journal« zitiert: »Wir warten gespannt, was heuer passiert.« Sein Haus hält die erforderlichen Gase und Gifte bereit. »Flohtod« wäre ein altmodischer Name, die Tötungsmittel heißen sanft und wissenschaftlich »Insektenwachstumsregulatoren«. In so heiklen Bereichen geht's immer auch darum, daß man die Dinge beim richtigen falschen Namen nennt.

Ohne Wachstumshemmung kommen die ausländischen Flöhe über uns. Prof. Maunder: »Wenn man alle Flöhe der Welt zusammentut, würden sie wahrscheinlich mehr wiegen als die gesamte menschliche Bevölkerung.« Über 2000 verschiedene Flohrassen sind unterwegs ins bedrohte Abendland.

Die Feindschaft der Edelmenschen gegen die fremdartigen Flöhe hat die Dimension eines Glaubenskrieges. Der Menschenfloh, »pulex irritans«, irritiert uns auf irrationale, mythische Weise. Herr der Flöhe ist Beelzebub, der biblische Teufel. In jedem Floh kann der Teufel stekken.

Mein »Handwörterbuch des deutschen Aberglaubens« empfiehlt gegen den Biß der Flöhe das Einreiben mit geweihtem Wermut und gegen den Anblick von Flöhen das Trinken von geweihtem Wermut, bis die Flöhe verschwunden sind. An ihrer Statt sieht man dann weiße Mäuse.

Ehe es Ciba-Geigy gab, wurden die Flöhe umweltverträglich ausgetrieben, indem - berichtet vorerwähntes Monumentalwerk über den deutschen Aberglauben - die Dienstmägde um Mitternacht nackt die Stube kehren mußten unter Aufsagen des Bannspruches: »Fort mit allem Getier, das nicht so ist wie wir.« Die solcherart festgesetzten Flöhe wurden dann dem Nachbarn über den Zaun geworfen. Der Spruch lautete diesmal: »Kommt wer zu uns ohn' Papiere, den setzen wir gleich vor die Türe.«

Ja, der traute altdeutsche Volksbrauch hat mit neueren, gemeineuropäischen Bräuchen eine zufällige Ähnlichkeit. Ausländer sind Flöhe sind Ausländer. Zufälle gibt's nicht.

In E.T.A. Hoffmanns Meisternovelle »Meister Floh« gibt's einen Flohbändiger namens Leuwenhoek, der, je mehr Ordnung er in die Flöhe bringt, desto mehr selber in Wirrnis und Irrnis gerät. Der eminente Autor schließt mit dem ärgerlichen Zuruf des kultivierten Publikums: »Leuwenhoek, seht Ihr nun wohl, was bei Eurem Treiben herauskommt!«

Zum Unterschied von schlechten Politikern sehen gute Dichter immer alles voraus.

Was tun? Man fange - rät das unerschöpfliche Handbuch des Aberglaubens - bei abnehmenden Monden neun Flöhe und ertränke sie in Salbeitee. Ein solcher Trunk hilft gegen Fieber und sorgt für leichte Geburt.

Der Löwe von Sarajevo

Furaha, der letzte Löwe im Zoo von Sarajevo: Er wußte, daß er sterben mußte, und weil Krieg ist, war sogar das Fernsehen dabei. Wir sahen, wie ihm die Beine einknickten, ein Mensch hätte es nicht besser hinter sich bringen können, das letzte Stündchen.

Der Löwe von Sarajevo schaute lange der Kamera ins Auge. Ein Mensch hätte nicht telegener schauen können. Ein Vollprofi, der Löwe. Diese Augen – was sind schon ein Paar Löwenaugen inmitten allgemeiner Menschengreuel?

Der Krieg ist ein Feinschmecker. Soldaten frißt er längst nicht so gern wie Zivilisten, Frauen und Kinder. Je unschuldiger, desto knuspriger. Drum fraß er auch den Löwen.

Ach was, die Haare im Fell waren ihm schon büschelweise ausgegangen, ein schlechtgekleideter Zivilist in einem Krieg, der ihn nicht interessierte. Ja, wenn es um den Angriff auf eine Gazelle gegangen wäre – wie unbarmherzig wäre er gewesen! Oder beim Raufen um das letzte Stück fauligen Fleisches – wie würdelos hätte er

gerauft, wie unsolidarisch sich gegen die Mitlöwen gezeigt, hätte es noch welche gegeben!
Der Löwe von Sarajevo hatte keine Chance, gemein zu sein zwecks Überleben, also starb er in Würde - er starb den Menschen was vor, das Fernsehen ist doch zu was gut.
Wenig später starb die letzte Bärin des Zoos von Sarajevo, sie verhungerte. Tapfer hatte sie das Ende hinausgeschoben, indem sie zwei schwächere Mitbären Stück um Stück fraß.
Sie war das letzte größere Tier im Zoo von Sarajevo. Nach vielen Monaten Belagerung sind jetzt alle Käfige leer. Jetzt kreischen nur noch ein paar Pfauen - um die Wette mit den Einschlägen von der ganz nahen Front, hundert Meter hinter dem Zoo.
Daß Tiere keine Seele haben, darin irren alle drei: Juden, Christen, Muslime mitsamt ihren heiligen Büchern. Die Tiere haben eine Seele; einige fromme Außenseiter wußten das. Der heilige Franziskus bekehrte einen Wolf und ließ ihm dann ein christliches Begräbnis ausrichten; die Wolfsseele landete direkt im Himmel.
Tiere kommen ja nicht in die Hölle, außer in jene, welche die Menschen ihnen bereiten.
Die Geschichte aus Sarajevo ist keine Sentimentalität für Tierfreunde. Sie ist der Fingerzeig, daß Tiere in ihrer Unschuld auf dem Kriegstheater die besseren Spieler sind. So unschuldig können Menschen gar nicht sein wie Raubtiere, die

nichts mehr zu fressen haben. Die Bestie heißt nicht Löwe und nicht Bär, die Bestie heißt Mensch.
Äsop, Lafontaine, Goethes Reineke Fuchs – alles Stümpereien gegen die Tierfabel aus Sarajevo. Allenfalls käme noch folgende Fortsetzung der Fabel in Frage:
Auf der Schwelle zum Löwenhimmel begegnet der Löwe von Sarajevo dem französischen Philosophen Jean Baudrillard. Weiß der Geier, wie der dort hinkam, aber Modephilosophen kommen schließlich überall hin. Also sprach Baudrillard, den Krieg deutend:
Es kommt alles von der »ununterbrochenen Produktion von Positivität. Die Negativität erzeugt Krise und Kritik, die totale Positivität aber erzeugt Katastrophe.«
Armer Löwe, du warst zu positiv, du wolltest Fleisch und deine Ruhe. Und so kam es zum Krieg.
»Jede Struktur, die ihre negativen Elemente vertreibt, riskiert die Katastrophe – der Körper ganz ohne Bakterien, Viren, Parasiten wird krank. Die Antikörper, beschäftigungslos, fressen dann den eigenen Körper.«
»Herr Philosoph«, brummte der Löwe, »wie soll ich jetzt die Serben, Kroaten, Bosnier und so weiter auffassen? Welche sind die Bakterien des Bösen, die aber nützlich sind, und welche die Antikörper des Guten, die aber gefährlich sind? Und

was geht das bitte mich Löwen an, der ich ohnehin gestraft genug bin?«
Dabei war er doch ein Löwe nach dem Geschmacke Baudrillards. In sein positives Leben mischte er Negatives, indem er Fleisch fraß, solang er welches kriegte.
»Herr Philosoph«, brummte der Löwe, »positiv und negativ sind bei den Menschen viel ungünstiger gemischt als bei den Löwen. Ich würde es so zusammenfassen: Der Löwe ist ein guter Mensch. Der Mensch ist ein schlechter Löwe.«
Sprach's und ging ein in den Löwenhimmel.

Auch Tiere sind Wähler

Alles was ich schreibe, kommt 0–5 Jahr später unter die Fachleute. Solang ich's schreibe, ist es Blödsinn. Dann aber ist es Wissenschaft. Aber es ist immer noch Blödsinn: Von den wirklichen Ursachen habt ihr immer noch keine Ahnung, liebe Fortschrittler. Fortschritt heißt, draufkommen, was er alles anrichtet.

Es geht euch immer nur um euch! Ist die Umwelt, das Wasser, das Meer, das Kalb, das Schwein gesund für mich, nehme ich wohl keinen Schaden? Ich ich ich. Daß es sonstige Lebewesen gibt, liebenswürdigere, schönere als wir – Pflanzenrechte, Tierrechte, Erdrechte –, ist euch nach wie vor wurscht, und das ist ein Standpunkt so dreckig wie die Umwelt.

Der Mensch im Mittelpunkt, der Rest ist Umwelt. Und solang ihr diese arrogante, räuberische, mörderische Einstellung habt – solang ihr die Umwelt vergiftet, so lang wird die Umwelt euch vergiften.

Sie rächt sich nämlich, falls ihr es noch nicht gemerkt haben solltet.

Martin Heidegger, »Zur Erörterung der Gelassenheit. Aus einem Feldweggespräch über das Denken«, Pfullingen 1959: »Das Zeitalter der Bildung geht zu Ende, nicht weil die Ungebildeten an die Herrschaft gelangen, sondern weil Zeichen eines Weltalters sichtbar werden, in dem erst das *Fragwürdige* wieder die Tore zum Wesenhaften aller Dinge und Geschicke öffnet.«

Ob Regierende ungebildet, halbgebildet oder ganz gebildet sind, kann uns egal sein. Wir wissen's außerdem eh'. Aber daß sie *dumm* sind, ist für uns lebensgefährlich. Dumm sein heißt keine Fragen stellen, sei's auch dumme. Dumm sein heißt alle Antworten wissen, sei's auch dumme. Dumm sein heißt von den Visionen, die jedes gesunde Herz hat, nichts sehen hören riechen.

Vranitzky soll gesagt haben, laut Medien, wer Visionen hat, braucht an Orzt. Aber Herr Bundeskanzler, haben unsre Ärzte in ihrer Herzensdummheit (Blindheit für Visionen) nicht schon genug angerichtet? Wenn die auch noch Ihren Parteifreund und Rivalen Heinz Fischer psychopharmazieren, weil er angeblich an Sozialismus-Visionen leidet – wird auch nix besser davon.

Seit das Fragwürdige nur noch heißt: besser, man fragt gar nicht erst – seit das Fragwürdige nicht mehr heißt: des Fragens würdig, weil

des Menschen würdig das stete Fragen ist – seither ist es mit der Wissenschaft nichts. Sie weiß nichts mehr, weil sie nicht intelligent fragt, sondern sich dumm forscht.
Eine Wissenschaft, die nicht mehr selber fragt, sondern sich unsittliche Anträge stellen läßt und unsittliche Aufträge erfüllt; eine Wissenschaft, die folglich nur noch *dumme* Fragen stellt – produziert nur noch dumme Antworten.
Zu diesen wissenschaftlichen, das heißt dummen Fragen gehört natürlich auch: Wie stopfe ich ein armes Vieh mit Giften und Genen so voll, daß mehr Schnitzel draus werden? Gestellt hat die Frage die auftraggebende industrielle Großwirtschaft, beantwortet hat sie die auftragnehmende industrielle Großwissenschaft.

Jetzt steht überall, wie ungesund das ist und wie lebensgefährlich für die Menschen. Nirgends steht, wie ungesund und lebensgefährlich es für die Kälber und Schweine ist. Hier habe ich wieder ein Spinnerthema für die nächsten 0–5 Jahre.
Es ist eine Gemeinheit, es ist menschenunwürdig, kalbsunwürdig, schweinsunwürdig und so weiter, wie wir unsre Mittiere behandeln!
Der Mensch ist KZ-Wärter seiner Mittiere. Und solange er ein solcher Rassist ist, wird es ihm auch selber schlecht gehen und geschieht ihm herzlich recht.

Natürlich könnten begabte Wissenschafter jetzt schon nach allen Regeln der Kunst nachweisen, wenn man sie ließe statt bremste: Die im tiertechnischen KZ gehaltenen Lebewesen – totalmanipuliert in Richtung auf recht rasch recht viel Fleisch – sind in ihren sämtlichen Innereien und sämtlichen Säften total durcheinandergebracht. Ein solch jämmerliches, lebenslang gemartertes Geschöpf Gottes ist selbstverständlich für den menschlichen Genuß ungeeignet und lebensbedrohlich.

Alles was der gesunde Menschenverstand ohnehin und von vornherein weiß, kann, ihm nachhatschend, auch die Wissenschaft beweisen – wenn sie will, wenn sie darf, wenn sie moralisch muß. Aber die Wissenschaft will nicht, darf nicht und muß auch nicht, moralisch – Moral ist ein streng unwissenschaftlicher Begriff.

Erst wenn's richtig ins Kriminelle geht – da, ja da erscheint, wie aus dem Nichts, plötzlich die Wahrheit in den Medien.

Danke, liebe Medien, spät ist viel besser als überhaupt nie.

Erst sagen die Wahrheit die Spinner, dann der gesunde Menschenverstand, ganz zuletzt die exakte Wissenschaft, noch ganzer zuletzt die Politik. Politiker sind die Fußkranken des Fortschritts.

Erst ist die Wahrheit in den Herzen, dann in den Medien. Dazwischen liegt eine Übergangsperiode, in der das Volk ermahnt wird, nicht immer so blöd zu sein, unsachlich, emotional, es ist alles sicher, wir haben alles im Griff. Ja, es ist alles streng unkontrolliert.

Rache ist süß. Das ist der Kern des Skandals: Die Tiere vergiften uns aus Rache. Das Pikante dran ist, daß wir Menschen, in unsrer Freß- und Geldgier, den Tieren, die in berechtigter Notwehr handeln, die Tatwaffe selber einspritzen. Nur die allerdümmsten Kälber vergiften ihre Schnitzel selber.

Einst gab es gar keine Umwelt, sondern Schönheit. Dann verband sich Umwelt rettungslos mit Spinnerei. Dann verband sich Umwelt rettungslos mit sauber. Umweltpolitik als andre Form der Lüge. Jetzt verbindet sich Umwelt – und das könnte die Rettung sein – nur noch mit Skandal.

Das ist das Erfreuliche am täglichen Umweltskandal: Daß die Natur, gefoltert vom Menschheitsrambo, endlich ordentlich zurückschlägt. Jetzt geht es Schlag auf Schlag, Tag um Tag. Jetzt gibt es zwei Möglichkeiten:

a) Wir Idioten hören endlich die Botschaft (jagen zum Beispiel eine Regierung streng gewaltfrei demokratisch fort, die aus fast lauter ökologischen Neandertalern besteht).

b) Wir hören die Botschaft nicht, es wird uns fad, täglich diese Umweltskandale. An die Sintflut hat auch keiner geglaubt, obwohl's schon so

lang vorher ewig regnete. (Noahs Arche »Greenpeace« könnte jetzt kleiner sein, viele Tierarten haben wir schon ausgerottet.)
Weil ich nun einmal immer Blödsinn schreibe, das ist meine eigentliche publizistische Profession – glaub' ich ganz fest an Variante a).

Der Landwirtschaftsminister korrigiere seinen Irrtum: Er glaubt, er ist nur für die Menschen da, weil die Kälber, Schweine und so weiter nicht seine Wähler und so weiter sind. In Wahrheit sind sie Wähler. Sie wählen, selber schon getötet bei Lebzeiten, auch für uns den Tod.

Sterben macht Spaß

Party auf Tod und Leben

Durch den Fleischwolf

He, antworten Sie, Tod!

Genug Himmel für alle

Party auf Tod und Leben

Es ist sehr wahrscheinlich, daß die Welt untergeht. Noch wahrscheinlicher ist, daß es nichts macht. Es schert sich keiner drum. Der die das Verstorbene lädt zum großen Fest. In der Mitte des Ballsaales steht der elegante Sarg auf dem Katafalk, bedeckt mit der amerikanischen Flagge. Dreitausend Festgäste essen, trinken, plaudern, tanzen, glitzernder Schmuck, gleißendes Licht, Trauben von bunten Luftballons. Die Band spielt, sieben Mann, James Browns »I feel good«.

So eine Begräbnisfeierlichkeit kostet einen großen Haufen Dollars, aber sie ist es wert. 40 000 Leute haben in Kalifornien bei postmodernen Leichenbestattungsunternehmen so ein großes Ding bestellt. Sie können sich bei Lebzeiten alles aussuchen, wie sie's haben wollen, bis ins kleinste Detail. Das Ganze heißt »Nontraditional Funeral« oder kurz: »Fun Funeral«.

Das nichttraditionelle, das Spaß-Begräbnis hat schon einen Anteil von zwanzig Prozent aller Be-

gräbnisse in San Francisco und Los Angeles. Das übrige Amerika hinkt weit hinterdrein mit erst einem halben Prozent Spaß-Begräbnissen.
Noch weiter voraus als Kalifornien ist das alte Europa. Was soll denn das Getue mit dem »Fun Funeral«? Dort, wo Europa am altertümlichsten ist, dort war das doch schon immer so. Ein ganz normales Begräbnis: In der Früh wird hinter dem Sarg geweint, zu Mittag wird ordentlich gegessen, nachmittags wird getanzt, abends sind alle ziemlich betrunken und ganz glücklich.
Wie schon so oft, haben die Amis etwas erfunden, was es bei uns längst gibt. Im Jahr 1573 rügte die kaiserliche Behörde in Wien die »verwerfliche Üppigkeit und Prasserei bei Begräbnussen. Ich habe selbselber ansehen gemußt«, schreibt der anordnende Beamte, »wie die Totenschmausgäst toll und voll wurden und hinterm Tisch umfielen als wie ein Stock und wie Sackpfeifer, Leierer und Trommelschlögler geholt wurden, um der toten Seele aufzuspielen, darumb daß sie lustig in den Himmel führe.«
Das ist ziemlich exakt das gleiche Programm, das die amerikanischen Bestatter ihrer Kundschaft als Allerneuestes zum Kauf anbieten. »Alles was für Ihre Familie und Ihre Freunde in Ordnung ist, ist auch für uns in Ordnung. Uns ist egal, wenn andere es für einen Skandal halten«: Auszug aus einem Prospekt der Frank E.

Campbell Funeral Chapel, einer der angesehensten Bestattungsfirmen in New York.
Was der Tod wirklich bedeutet, erfährt man allerdings nicht von Leichenbestattern, sie sind nur auf unser Geld aus, sondern von Woody Allen. Als er noch Zeit hatte, sich statt mit Gerichtsverhandlungen mit Kurzgeschichten zu befassen, schrieb er den folgenden Dialog.

»NAT: Wer sind denn Sie?

TOD: Der Tod.

NAT: *Wer* sind Sie?

TOD: Der Tod …

NAT: Der Tod! Was meinen Sie damit: der Tod?

TOD: Was ist denn los mit dir? Du siehst doch meinen schwarzen Dreß hier und mein weißgeschminktes Gesicht?

NAT: Sicher.

TOD: Ist vielleicht Karneval?

NAT: Nein.

TOD: Also bin ich der Tod.«

In meinem schalldichten Sarg habe ich innen drin einen Zündknopf. Wenn ich von dem Höllenlärm meines Fun Funeral aufwache, drücke ich auf den Knopf, und das schwör' ich euch, dann fliegen wir alle miteinander in die Luft und bis knapp vors Himmelstor und dann wieder ganz hinunter in die Hölle.

Durch den Fleischwolf

In Deutschland wollen 72,9 Prozent der befragten Schüler im Unterricht mehr vom Tod wissen. Das ist die Wende! Nichts mehr vom Tod wissen wollen, war ja ein Kennzeichen der »Moderne«, die jetzt zu Ende geht. Wir hatten ihn weggedrängt aus unserem Wohlstands-, Wachstums- und Fortschrittsleben. Dieses war eine Art ewiges Leben, beschützt von der Wissenschaft, der siegreichen Kämpferin gegen den Tod. Wenn der Tod trotzdem passierte, war's ein vermeidbarer Betriebsunfall. Der Tod gehört, wie alle Unfälle, ins Krankenhaus, nicht ins Leben.

Unsere Kinder sind gescheiter als wir. Sie wollen endlich was wissen von diesem geheimgehaltenen Unfall namens Tod.

Die Kinder sind ja älter als die Eltern; sagt ein chinesisches Sprichwort. Für die Zukunft stimmt das: Sie werden älter werden als wir. Und sind jetzt schon weiser. Weise ist, wer mit 80 noch so denkt wie mit 8 (Simone Weil).

Die amerikanischen Kids sind noch weiter als die deutschen. Diese fordern den Tod als Unterrichtsgegenstand, dort drüben ist er schon Unterrichtspraxis. Wenn draußen in einer »schlechten Gegend« der US-Großstädte die Banden ihren Schießkrieg austragen, müssen sich in den Klassenzimmern die Schüler flach auf den Boden legen.

Wenn in den Schulen selber bandengekämpft und geschossen wird, haben sie den Unterrichtsgegenstand Tod noch ein Stück lebendiger vor sich.

Auch in Wien rührt sich was. Aus den Heurigenliedern dringt der Tod jetzt sogar in die Theologie. Der geistliche Herr Günter Virt gründete ein Universitätsinstitut für Ethik der Medizin. »Erstmals wird der Patient«, verkündet Virt, »nicht mehr nur aus dem Blickwinkel der reinen Lebensverlängerung betrachtet.«

Ach, daß die Ärzte unser Leben nicht nur verlängern können, sondern auch verkürzen – war schon längst Gegenstand praktischer Volksweisheit!

Virt will, sehr vernünftig, daß der Arzt dem Menschen nicht nur Lebenszeit verschafft, sondern auch Sterbenszeit. »Daß er sein Leben in Ordnung bringen kann, für sich, seine Mitmenschen, auch religiös. Da braucht er Zeit und darf nicht von rasenden Schmerzen gepeinigt werden.«

Helmut Qualtinger sang: »I drah mi (Ich dreh mich) durch den Fleischwolf direkt ins offene Grab« – aber jetzt schmerzfrei.

Wien war schon immer eine Hauptstadt des Todes. Er ist wichtig für den Fremdenverkehr. Erfunden wurde schon eine Tour »Wien morbid«: Man besucht die habsburgische Kapuzinergruft, die frühchristlichen Katakomben und die Gräber von Strauß und Lanner mit einem schwarzen Postbus.
Postmoderner geht's nimmer.

He, antworten Sie, Tod!

I.

Im Jahr vor seinem Tod (1956) sagte Gottfried Benn, statt eines Vortrages über moderne Kunst, deren großer Protagonist er war: »Ich habe leider keine Ahnung, was modern ist. Wußte aber auch vor fünfzig Jahren nicht, was damals modern war. Das sind doch alles Allgemeinheiten ... Wenn man alt wird, beschäftigt man sich nicht mehr mit Allgemeinheiten ... Tatsächlich: Zum Schluß weiß man eigentlich über nichts mehr Bescheid.«

Ich nehme dieses Zitat als Ausrede, nur solche Allgemeinheiten über Leben und Tod zu schreiben, die aus meiner sehr persönlichen Situation kommen oder – aber da ist nicht viel Unterschied – aus der sehr aktuellen Situation eines anbrechenden neuen Zeitalters der Unmoderne. Jetzt kehren Alter und Tod wieder als die großen Themen, die sie schon immer waren.

Dieses anbrechende Zeitalter der Unmoderne ist beherrscht von der fixen Idee der Wiederkehr –

aus dem einfachen Grunde, daß dieses Zeitalter beherrscht ist von der fixen *Realität* der Wiederkehr verbotenen Denkens und verbotener Ereignisse.
Traurig ist die Realität, lustvoll der reale Widerstand gegen sie. Gegen den Tod (Krieg, Elend, Atomkraft, Naturzerstörung) kann man nur kämpfen, indem man ihm zitternden Mutes in die Augenhöhlen blickt.
Resignation und Résistance sind die zwei Seiten der Widerstands-Medaille. Je unmöglicher das Hoffen wird, desto nötiger wird es.

II.

Es ist ja begreiflich, daß wir nicht hinsehen wollen, wie in dieses neue Zeitalter der unmoderne Tod zurückkehrt. Natürlich war er vorher schon da, aber besser zu verdrängen. Er hielt sich fern, angeblich. Gestorben wurde hauptsächlich in fernen Ländern. Oder in fernen Spitälern ein zivilisierter Tod, inszeniert von fachkundigen Weißkitteln und der Sterbehelferin Kübler-Ross.
Jetzt ist der Tod nah und unzivilisiert. Ihn wegzuschieben, samt unserer Empörung über ihn, ist viel schwieriger als früher. Es geht, aber es kostet uns mehr Energie. Für anderes bleibt zuwenig übrig. Das ist der tiefe Grund für das Abschlaffen der Friedensbewegung, Anti-Atom-Bewegung, Grünbewegung.

Sehen, was ist. Zu sehen ist Furchtbares. Auf *dieser* Grundlage bleibe ich Optimist. Natürlich gehen Friedens-, Anti-Atom-, Grünbewegung und so weiter weiter. Aber schön hat er's heute nicht, der Optimist.

III.

Kaum haben wir den Tod weggerückt und sind müde davon, schon kommt er wieder, während wir noch müde sind. Das Zeichen des neuen Zeitalters ist: Den Tod verdrängen, gelingt nur noch zeitweilig.
Wir haben geglaubt, im soeben zu Ende gegangenen Zeitalter – es gibt für alles Lösungen. Jetzt merken wir: Es gibt hauptsächlich Nicht-Lösungen. Fast alles, was wir bisher für Lösungen hielten, sind keine.
»Da es keine Lösung für irgendein Problem gibt noch einen Ausweg für irgendeine Situation, bleibt uns nichts anderes übrig, als uns im Kreis zu drehen. Die mit Leid getränkten Gedanken nehmen die Form von Aporien an, dem Helldunkel des Geistes. Die Gesamtheit der unlösbaren Größen wirft einen zitternden Schatten auf die Dinge.«
Übertreibt der rumänische Philosoph Emil Cioran. Ein balkanischer Verrückter: Der Balkan, in der Vorzeit eine Mitte Europas, ist verrückt aus

Europa an den Rand, und der Balkaniker Cioran ist aus Bukarest verrückt nach Paris, 82 Jahre alt.
Auf der Frankfurter Buchmesse, im rumänischen Kiosk, sah ich zum ersten Mal ein Foto von ihm. Er sieht aus wie Kokoschkas »Mörder Hoffnung der Frauen«. – »Alle Formen des Niedergangs sind da, um mir Halt zu verleihen«, schreibt der alte Herr, und: »Ohne Gott ist alles Nacht, mit ihm sogar das Licht überflüssig.«
Optimistischer geht's nun wirklich nicht. Es ist nicht nur der Tod in unser Zeitalter getreten, neu, nahe, unlösbar, sondern das Leben selbst in diesem Zeitalter ist eine spezielle Spielart des Todes. Es gibt nicht nur immer mehr tote, sondern auch immer mehr lebende Leichname. Immer mehr Hoffnung muß heraufgetaucht werden aus einem Brunnen, gefüllt mit dem Wasser der Ratlosigkeit.

IV.

Wenn ich bin, ist der Tod nicht; wenn der Tod ist, bin ich nicht: Die alte falsche Tröstung des Epikur stand über dem beendeten Zeitalter. Jetzt ist es umgekehrt, ganz mittelalterlich: Wenn ich bin, ist der Tod immer auch. Besonders beim Fernsehen und beim Zeitunglesen.
Daß es im Leben immer um Leben und Tod

geht, aber im Tod nur um den Tod – ist eine schwere Ungerechtigkeit, heilbar nur durch ein Leben nach dem Tod. Achtung, wir sind schon tot, wir leben schon im Leben nach dem Tod. »Nach dem Weltuntergang wird Musik sein«, sagte Schopenhauer. Horch, sie spielt schon.

»Die Furcht vor dem Tode ist das beste Zeichen für ein falsches, das heißt schlechtes Leben.« – Schrieb Ludwig Wittgenstein, welcher allen Ernstes ein arger Schalk war. Auf den Leim gingen ihm insbesondere die Positivisten, welche ja bis heute glauben, er sei einer der ihren. Sie glauben sicher auch, obiger Satz bedeute tatsächlich: Wenn Du richtig lebst, hast du keine Angst vor dem Tod.

Das wäre ja unsinnig. Keine Angst vor dem Tod hat nur Gott, und sogar Gott ist ein Mensch: Christus hatte Angst vor dem Tod. Wittgensteins Satz meint, wie oft bei ihm, das Gegenteil: Wenn Todesangst das Zeichen schlechten Lebens ist, so leben wir alle schlecht, denn alle haben wir Todesangst. Wir können alle gar nicht anders leben als falsch – gewiß mehr oder minder, vive la petite différence.

Das dem nunmehrigen vorangegangene Zeitalter des Fortschritts zeigte Flagge, daß es *richtiges* Leben geben kann, in Gesundheit, Wohlstand, Sicherheit, ohne Angst inklusive ohne Angst vor dem Tode, welchem nämlich die Wissenschaft den Garaus zu bereiten schon im Begriff sei.

Statt dessen steht uns nun soviel Tod ins Haus, mit dem keinerlei Medizin fertig wird. Soviel Tod, mit dem UNO, USA, EG, KSZE, sämtliche Buchstaben des Fortschritts-Alphabets nicht fertig werden. Plus soviel Tod, den sie selber verschulden.

V.

Jetzt plötzlich hat auch *Demokratie* mit Tod zu tun. Im abgelaufenen Zeitalter war Demokratie das ewige Leben. Die Lösung aller Lösungen. Die Sicherheit aller Sicherheiten. Jetzt steht sie hilflos am Bett des balkanischen Sterbens. Jetzt gibt es innen drinnen in der Demokratie den Aids-Tod, den medizinischen und den politischen.

Selbstironisch delegiert nun die Demokratie die Todesfrage an Werbeagenturen. Die machen dann Plakate, daß wir immer ein Kondom tragen sollen. Gegen viel Tod hilft ein bißchen Gummi. So dumm sind wir schon oder schon so aufgeklärt.

In der heutigen Demokratie sind Demokratie und Komödie eng beisammen. Das war nicht so in der Ur-Demokratie. In Athen waren Demokratie und *Tragödie* eng beisammen. Vielleicht war das volksbildender. Der Stimmbürger ging nach der Volksversammlung, wo er Demokratie zeigte,

ins Theater, wo man ihm Tragödie zeigte: Unlösbares, Auswegloses, Verhängtes.
»Tragos« ist der Bock, *»Tragoidia«* der Bocksgesang: Ursprünglich wurden die Tragödien in teils mythisch-religiösen, teils ironisierenden Bocks-Masken gesungen. »Anschwellender Bocksgesang« übertitelte ein klassisch gebildeter, hochmoderner Theaterautor, Botho Strauß, einen berüchtigten »Spiegel«-Essay. Teils mythisch-religiös, teils ironisierend schmähte er Liberale illiberal, Antifaschisten faschistisch, Ausländerfreunde inländerfeindlich, und Rechte hielt er nicht für identisch mit Rechtsextremisten.
Mit einem Ruck stieß sich Strauß, ein wirrer Winkelried, die spitzen Lanzen aller politisch korrekt denkenden Demokraten in die Dichterbrust. Da waren die alten Griechen-Demokraten schon weiter. Sie hielten's für lehrreich, Demokratie und Tragödie zu verflechten. Wir aber sind verstockt.
Herrscht Demokratie, gibt's keine Tragödie. Tragödien sind undemokratisch. Ohren zu, Augen zu, Mund zu und nieder mit dem anschwellenden Bocksgesang. Aber natürlich: Wer Shakespeare für schuldig hält am Macbeth, der hat dann wenigstens einen Täter, wenn auch den falschen.

VI.

Tod (höflich): Da bin ich, ganz der Ihre.
Ich (erschrocken): Jetzt schon?
Tod (beruhigend): Aber nein, ein vorbereitendes Gespräch, ein Gespräch so im allgemeinen.
Ich (mich zusammennehmend): Wie geht es Ihnen, lieber Tod?
Tod (heiter): Ausgezeichnet. Lesen Sie keine Zeitungen?
Ich: So wenig wie möglich. Aber Sie haben schon recht. Sie sind voll da.
Tod: Da war ich natürlich immer, aber nicht so hautnah in den News. Ich bin, um es wissenschaftlich auszudrücken, wieder ein Bestandteil des öffentlichen Diskurses. Der Fortschritt ist ein Zwerg, der Tod ist ein Riese.
Ich: Sie haben es nicht nötig zu bramarbasieren. Wir merken auch so, wie kräftig Sie mähen.
Tod: Es war nicht bös gemeint. (Mäht kräftig weiter.)
Ich: Daß sich die Leute zu Zigtausenden umbringen auf den Straßen, zu Tode fressen, saufen, rauchen, ihre fernsten und nächsten Nächsten krepieren lassen – sind bedauerliche Begleiterscheinungen des begrüßenswerten Fortschritts. Daß sie sich und einander auch noch massakrieren für Gagausien, Tschetschenien, Abchasien, Serbien, Kroatien und so weiter und so fort – ist ein verdammenswerter Rückschritt. Kann der

Tod nicht unterscheiden, wo er darf und wo er nicht darf?

Tod (schweigt und mäht kräftig weiter).

Ich: Vielleicht hätten wir den Tod nicht so vergessen dürfen. Wir haben ihn überall ausgemerzt. In der Außenpolitik der Staaten und in der Friedensbewegung der Bürger, in Wissenschaft, Technik, Medizin. Nirgends war er vorgesehen. Nirgends war Platz für ihn. Jetzt rächt er sich.

Tod (schweigt und mäht kräftig weiter).

Ich: Wie stellen Sie sich das vor, Tod? Sollen wir das Rad zurückdrehen und wie im finsteren Mittelalter vom Tod wieder positiv reden? Sollen wir ihn feiern, weil er unentrinnbar ist, weil's halt so ist, wie es ist, und all dieses reaktionäre Gerede? Das ist unerträglich.

Tod (schweigt und mäht kräftig weiter).

Ich: Wir werden den Tod schon besiegen, trotz allem. Wir werden alle Krankheiten ausrotten. Wir werden alle unsere Körperteile ersetzen durch solche von transgenen Schweinen. Wir werden unsterbliche Schweine werden. Wir werden eine neue Weltordnung durchsetzen, notfalls durch friedenschaffende Gewalt.

Tod (setzt einen Blauhelm auf und mäht schweigend weiter).

Ich: Wie sollen wir uns denn verhalten zu Ihnen, Tod? Wir wollen korrekt denken, nicht zurückfallen ins Mythologische, Mythische, Irrationale und sonstwie Verbotene. Wir wollen jedermanns irreligiöse Gefühle schonen. He, antworten Sie, Tod.

Tod (hört kurz zu mähen auf und schaut mich an mit halberhobener Sense).

Ich (schweige).

Genug Himmel für alle

Wahrheit ist: Daß ich mir ein Auto kaufen kann. Wirklichkeit ist: Der Scheck, mit dem ich es bezahlen kann. Tatsache ist: Daß dann das Auto mir gehört.
Mich betrifft das nicht, ich habe keins und will keins, ich bleibe Luxusgeschöpf. Aber ich schreibe das so, damit eine geneigte Leserschaft mir in etwa zu folgen vermag, wenn ich nun daran anknüpfe:
Ehe wir auf obige Art in den Besitz der wirklichen Wahrheit, wahren Wirklichkeit und der wahren wirklichen Tatsachen gelangten, die außen wie Lack glänzen und innen wie Benzin stinken – zerbrachen wir Menschen uns auf finster mittelalterliche Weise den Kopf und das Herz, was denn *nach dem Tode* sein werde. Aus mehreren Theorien wurde die kirchenchristliche Lehre zusammengebraut, eine historisch entstandene Mixtur. Das macht nichts, das spricht für die christliche Religion. Von mir aus mögen also kirchenkritische Flachköpfe ruhig behaupten, logisch un-

vereinbar seien die folgenden Enden des Menschen:

1) Gleich nach unserem Tod gelangen unsere Seelen, nach ordentlichem Verfahren vor dem unabhängigen Richter:

A) in den Himmel oder:

B) in die Hölle, das heißt in eine ihrer verschieden heißen Abstufungen:

a) mildes Fegefeuer oder:

b) totale Hölle.

2) Das ist aber provisorisch. Beim Jüngsten Gericht müssen alle nochmals vor die Revisionsinstanz, diesmal mitsamt unseren in den Gräbern oder weiß Gott wo verbliebenen leiblichen Leichnamen. Jetzt erst gelangen wir endgültig:

A) in den Himmel oder:

B) in die Hölle; vom milderen Fegefeuer ist leider nicht mehr die Rede.

3) Anderes jedoch lehrte der heilige Kirchenvater Origenes, gestorben 253/54, sicher in 1 A befindlich, behaupte ich, und zwar auf Grund des folgenden Verdienstes: Entgegen der offiziellen Kirchenlehre, die nur die Fälle 1 und 2 anerkennt, behauptet er die trostreiche *Apokatastasis,* die Wiederherstellung aller Dinge, eine allerletzte Revision hinter der letzten, ohne Urteil, nur aus Gnade:

A) Himmel für alle. Punkt.

Origenes war ein wahrer Heiliger, eben auch daran kenntlich, daß ihm die offizielle Kirche,

mit allen ihren Kardinälen Vorsicht und Rücksicht, nicht bis zur letzten Konsequenz folgen konnte.
Also mein Tip für mich persönlich ist: 1 B a, 2 B, 3 A.

Toter Indianer,
guter Indianer

Bernhard. Ein Kriminalfall.

Bernhard. Eine Enterbung.

Bernhard. Eine Untertreibung.

Bernhard. Ein Gesamtkunstwerk.

Bernhard. Ein Kriminalfall.

Zart wie ein Nilpferd und unempfindlich wie eine Mimose, so waren sie beide, Karl Kraus und Thomas Bernhard. Sie wollten das nationale Selbstbewußtsein aufbauen auf dem festen Grund einer alles niederreißenden Selbstkritik der Nation. Natürlich ging das schief, weckte enorme Kritik an *ihnen,* die sie überhaupt nicht aushielten. Wie giftig hätte Kraus seinen Nachfahren Bernhard verteidigt gegen das ewige Eindringen der Presse in die Privatsphäre, bis in den Tod, Sonntag, 12. Februar 1989!

Ein eigenes »Fackel«-Heft wäre erschienen, Nr. 923, Februar 1989, XC. Jahr. (90. Jahr! Der feine Pinkel numerierte römisch. Sein letztes Heft erschien als Nr. 922, Februar 1936, XXXVII. Jahr, am 12. Juni starb er.)

In der »Die Presse« – so radebrechend verächtlich pflegte Karl Kraus das feinste Tagblatt Wiens zu zitieren – knallte es auf Seite 1 empört am Freitag: »Thomas Bernhard starb schon am Sonntag. Sein Tod gab Rätsel auf.« Der größte zeitgenössische Dichter deutscher Spra-

che wurde in der »Die Presse« als Kriminalfall abgehandelt wie schon zu Lebzeiten.
Zwar konnte der »Die Presse«, welche den Bernhard nie leiden mochte, dieser gar nicht früh genug gestorben sein – aber daß sie's so spät erfuhr, gemäß seinem letzten Willen erst fünf Tage nach erfolgtem Tode, ärgerte sie maßlos. Wer war er denn schon? Er habe, frohlockte es in der »Die Presse«, »seine Haltbarkeit nun zu beweisen« als »Exempel international geschätzter Gegenwartsdramatik deutscher Sprache *und einer besonderen Couleur«* – auf deutsch g'sagt: So ein scheißlicher Moderner war er halt.
War es Selbstmord? Er sprach ständig davon, er war permanent depressiv, wie alle diese Modernen. War es Mord? Drangen beherzte Österreicher in die Behausung des Einsamen?
Die Mitteilung des behandelnden Arztes wurde in der »Die Presse« als eine Art Schuldgeständnis gewichtet: »... ist schon seit Sonntag tot, *gab sein Arzt zu.*« Auch sonst war alles, wie es sich bei einem Verbrechen gehört: »*Entdeckt wurde die Leiche* in seiner Gmundener Wohnung. *Laut Todesschein* starb Bernhard an Herzversagen.« Verdächtig auch die Hast: »Als der Tod bekannt wurde, *lag er bereits in seinem Grab* auf dem Grinzinger Friedhof ... *unter strengster Geheimhaltung ...*«
Drei Personen folgten dem Sarg. Kein Name auf dem einfachen eisernen Kreuz.

Also, wer hat ihn ermordet? Klar, wir, die Österreicher, aber angestiftet hat uns er, der Österreichbeschimpfer. Ständig ging er auf uns los, ständig wir auf ihn, so ist das eskaliert. Er war uns bös, aber wir nicht ihm. Gegen seine gemütliche Heimtücke notwehrten wir uns mittels unsrer heimtückischen Gemütlichkeit.

Österreich nimmt Abschied von seinem Dichter

Kaum daß sie ihn zu Grabe legen,
Merken wir, daß wir ihn mögen.
Kaum is' er tot,
Is' um ihn schod'.

Er war so begabt,
Und so recht hat er g'habt.
Klarer wird's von Fall zu Fall,
Wir sind ein Skandal.

Kaum is' er hin,
Sind wir stolz auf ihn.
Wir war'n seine unglückliche Liebe,
Daher die Hiebe.

Was er war, durch uns is' er's wor'n,
Wir verstehn seinen Zorn.
Verdient ham wir seine Wix,
Aber sie nutzen bei uns nix.

Er hat verboten, auf sein Grab
Draufzuschreib'n, daß es ihn gab.

Wir verstehn sie gut,
Seine ewige Wut.

Er war ein Grantscherben,
Wir sind die Erben.
Wir pflegen den Grant ohne Grund,
Ihn hat er um'bracht, uns halt er g'sund.

Wir hab'n ihm das Herz gebroch'n
Kann man auch nix moch'n.[1]

1) In Kenntnis der nordischen Liebe für die österreichische Sprache erläutere ich:

schod ... schade
hin ... kaputt, tot
Wix ... Hiebe
Grant ... Gegrein, Ärger, Wut
Grantscherben ... Gegreingefäß, Motztopf
um'bracht ... umgebracht, getötet

Bernhard. Eine Enterbung.

Die Bühne ist leer, sehr leer ist die Bühne, leer, aber man hört Stimmen, im Finstern hört man Stimmen, authentische Stimmen, die Stimmen im Finstern sind authentisch, denn diese Stimmen sprechen im Finstern wie der finstere Bernhard geschrieben hat, im finsteren Wiederholungszwang, repetitive Perseveration nennen die finsteren Psychiater diesen finsteren Zwang.

Der Wortlaut seines Testaments zerfällt beim Vorlesen, beim lauten Vorlesen zerfällt der Wortlaut ohnehin und unwillkürlich in Verszeilen, es ist ein Gedicht, der Absolvent des Mozarteums Salzburg hat es komponiert und arrangiert, und mit dem Bariton, den er hatte, singt er es uns, aus dem Finstern des Grabes singt er mit seinem schönen Bariton:

»Weder aus den von mir selbst
Bei Lebzeiten veröffentlichten
Noch aus dem nach meinem Tod
Gleich wo immer vorhandenen
Nachlaß

Darf auf die Dauer
Des gesetzlichen Urheberrechts
Innerhalb der Grenzen
Des österreichischen Staates
Wie immer dieser Staat
Sich kennzeichnet
Etwas in welcher Form auch immer
Von mir Verfaßtes, Geschriebenes
Aufgeführt, gedruckt
Oder auch nur vorgetragen
Werden.

Ausdrücklich betone ich
Daß ich mit dem österreichischen Staat
Nichts zu tun haben will
Und verwahre mich nicht nur
Gegen jede Einmischung
Sondern auch gegen jede
Annäherung dieses Staates
Meine Person und meine Arbeit betreffend
In alle Zukunft.

Nach meinem Tod
Darf aus meinem
Eventuell gleich wo vorhandenen
Literarischen Nachlaß
Worunter auch Briefe und Zettel
Zu verstehen sind
Kein Wort
Mehr veröffentlicht werden.«

Wir Österreicher, seine Landsleute, müssen traurig feststellen, *daß wir glatt enterbt sind,* obwohl wir doch seine Landsleute sind, das spricht gegen ihn, das spricht gegen uns, wir haben nicht zueinandergefunden, traurig ist das.
Die Stimme eines jungen Theaterbesuchers, man hörte sie im österreichischen Fernsehen, traurig ist das, wenn diese niederträchtigen Medien überall dabei sein müssen, nach der Aufführung des Stückes »Heldenplatz«, der letzten, die in Österreich erlaubt war, zufällig hatte das Burgtheater das Stück auf dem Repertoire gerade am Tag des Begräbnisses, Donnerstag, den 16. Februar 1989, aber das ist ja gar kein Zufall, niederträchtig ist das, die Medien das Theater das Publikum, nichts ist Zufall, es ist eine Niedertracht, von nun ab ist alles verboten, das Testament ist die Quittung, weil ich sie liebe, beschimpfe ich sie alle, daß sie mich endlich lieben, sie sind niederträchtig, ich bin niederträchtig, die einfachen Leute, sie reden nicht solchen Unsinn wie die sogenannten Intellektuellen, ich freue mich, was dieser einfache Theaterbesucher sagte:
»Ehrlich gesagt, ich hab' nichts von ihm gelesen, aber ich habe ihn kennengelernt letztes Jahr, und er schien mir zumindest ein sympathischer Mensch zu sein. Wie er war? Also es war im Frühjahr auf einer Bank am Graben, und er war sehr freundlich und hat sich gefreut, daß man ihn kennt.«

Die Stimme seiner Nachbarin, als er zum Sterben nach Haus kam, aus Spanien nach Ohlsdorf bei Gmunden (O-Ton des österreichischen Fernsehens):

Es war so zirka vor 15 oder 16 Tage. Da bin i' zur Mülltonne 'gangen mit an Mist, ja, und da is' grad der Thomas Bernhard dann 'kommen mit an Auto, und er is' ausg'stieg'n, und er is' mir gleich zua'gangen, und i' bin ihm a' glei' zua'gangen, dann hab' i' ihn glei' begrüßt, und er hat mich auch gleich recht herzlich begrüßt, dann hab' i' g'sagt, wie es ihm geht, da sagt er, Nachbarin, es geht mir halt gar nicht gut.

Sag' i', wieso denn, Herr Nachbar?

Ja, sagt er, seit dem Herbst schon geht's ma net guat.

Ja, sag' i', warum denn?

Sagt er, ja i' hab' mi' sovü' (soviel) aufgeregt, wie's das vom »Heldenplatz« gespült (gespielt) ham, dös Theaterstück, und dann ham's mich noch gepackt, hat er g'sagt, wie dös zu Ende war, und ham mi' eingehängt bei die Arm', und haben ma noch, irgendwer, was geb'n, a Medikament, und da ham's mich noch einizaht (hineingezogen) zur Bühne und haben mich noch vorgestellt, i' hab' aber nimmer kenna (können), weil i' eh' scho' so fertig war, und dann war i' eh' a Monat in Wien, da bin i' g'leg'n, war i' so krank, da ham's ma alles Schlechte gewunschen, sie ham ma's Sterben gewunschen über das

Stückel, und da hab i' mi' soviel aufgeregt und jetzt bin i' alleweil in Gmunden, und es geht ma halt nämlich garnet gut.

Perfektere Bernhard-Prosa schreibt niemand, als die da seine Nachbarin spricht.

Wie denn das? Also entweder schreibt Bernhard, wie das Volk spricht, oder das Volk spricht, wie Bernhard schreibt, oder es war gar keine Nachbarin, sondern eine Lieblingsschauspielerin von Claus Peymann – vielleicht die Erika Pluhar, die er, um sie zu quälen, Bernhard-Prosa sprechen ließ, aus einem kommenden, noch unbekannten Bernhard-Stück.

Die Stimme seines Lieblingswirtes, draussen in Sievering: Früher war der Herr Bernhard ja öfter in Wien, weil die Leut' immer meinen, immer war er in Oberösterreich in der Einschicht in seinem Bauernhaus. Er war ja 35 Jahre immer unser Gast, er hat immer gesagt, es ist das einzige Lokal, wo man ordentlich essen kann, das einzige, wo die Küche nicht gemein ist, entweder diese Riesenteller mit nichts drauf als ein klein's Stückl Fleisch und ein paar Blatteln Salat, oder dieser Riesenteller, ganz voll mit fetten Sachen, ein Schnitzel, das über den Teller hängt. Bei uns ist es gutbürgerlich, das hat er mögen, den Wiener Wein nicht, immer den französischen.

Seine Lieblingsspeis' war Kalbsgulasch mit Nokkerln, wenn er es bestellt hat, haben seine Augen so gefunkelt, gesagt hat er ja nichts, aber da hab' ich gewußt, er fühlt sich wohl, wenn seine Augen so gefunkelt haben.

DIE STIMME SEINES LIEBLINGSSCHNEIDERS, WIEN, INNERE STADT, AM GRABEN: Also er war der Typ von einer noblen Kundschaft, ein aussterbender Typ, insofern hat es mich nicht gewundert, daß er gestorben ist, so nobel war er. Er hat dunkle Farben absolut bevorzugt, absolut dezent, absolut die englische Art, nicht die italienische, die ist zu wenig dezent, dazu eventuell Kaschmirpullover, ein sehr dünner Pullover, aber sehr warm, die kommen jetzt alle aus Italien, aber eben auf englische Art. Der Herr Bernhard hat so gut zu unseren Räumen gepaßt, wo so noble Kundschaften aus- und eingingen, jetzt sind sie alle ausgestorben. Daß er alle seine Werke bei uns in Österreich verboten hat, das finde ich richtig nobel.

DIE STIMME DES HERRN OBER, DEN DIE STAMMGÄSTE »TOPFENSTRUDEL« NENNEN DÜRFEN: Also er is' g'wesen unser stillster Gast, immer da ganz hinten ist er g'sessen, unser stillster Gast da hinten am Tisch gleich beim Klo ist er g'sessen. Einen Topfenstrudel hab' ich ihm immer gebracht, automatisch hab' ich ihn immer gebracht, unser frischer Topfenstrudel ist der beste in Wien. Er war ein schüchterner Mensch, wenn ihn die Leute angesprochen haben, ist er aggressiv geworden, so schüchtern war er. Ich glaub' aber, gefreut hat es ihn immer, wenn die Leut ihn erkannt haben, hingeschaut zu seinem Tisch und getuschelt neben seinem Tisch, es hat ihn gefreut, er hat die Leute eigentlich mögen, glaub' ich, wenn er nicht grad wütend war auf sie, hat er sie mögen, aber er war halt meistens immer wütend, also ich hab' diesbezüglich keine Probleme gehabt mit ihm, wollen Sie einen Topfenstrudel?

Bernhard. Eine Untertreibung.

Wir Österreicher haben zu unserer Literatur eine ganz unproblematische Beziehung: Wir finden unsere Dichter abscheulich, und sie finden uns abscheulich. Doch kaum stirbt uns einer unserer Dichter, wechseln wir charakterlos die Fronten. Schon ein Jahr später – am 12. 2. 1989 starb Thomas Bernhard – stellten wir uns treu an seine Seite. Plötzlich sind wir voll Reue, daß wir ihn abscheulich fanden, nur weil er uns abscheulich fand.

Das ist doch kein Grund. Im Gegenteil, die Wahrheit setzt sich durch: Wir *sind* abscheulich.

Österreich macht seine Dichter unglücklich, heißt es immer, sie leiden an uns. Sie sollen sich nichts einreden. Wir sind selber unglücklich, und wer unglücklich ist, weiß, was für eine Lust man dran haben kann. Wie schön muß Handke in der Ferne gelitten haben, als er aus Wien erfuhr, in der zweiten Vorstellung seines Burgtheaterstückes »Spiel vom Fragen« saßen nur mehrere Dutzend Leute, und Direktor Peymann ließ ihnen Kaffee und Kuchen servieren.

Auf die Dauer ist das kein Zustand. Bernhard tot, Handke flüchtig, nur Ransmayr noch in unserem Besitz. Warum sterben sie uns? Warum laufen sie uns davon?
Große Dichter sind große Kinder. Sie können nicht erwachsen werden, bei Strafe des Verlustes ihrer Potenz. Früher waren sie Wegweiser der Nation, Künder des Sinnes, Leute, die man verehrte, weil sie ihrerseits was verehrten. Heute ist ihnen Welt, Literatur, eigenes Land und Volk bloß ein Kindergarten, in dem sie alles demolieren wollen dürfen.
Und wir sind der Chor, der in rhythmischen Intervallen rufen müssen darf, bei jedem neuen Skandal, den sie machen: »So laßt sie doch! Kunst darf alles und muß nichts!«
Ich weiß übrigens, warum Peter Handke aus Österreich entlaufen ist: In Salzburg haben ihn auf der Straße zwei Möbelpacker für Peter Turrini gehalten. Da wandert jeder aus.
Und kehrt zu uns zurück, sobald er tot ist und wir ihn plötzlich lieben. Die Geschichte der österreichischen Literatur ist eine Geschichte der Nekrophilie.
Die Österreicher brauchen keine Literaturpäpstinnen und -päpste, die uns zur Unzeit – ehe der Dichter tot ist – erklären wollen, daß er ein großer Dichter ist. Das wissen wir selber, aber Unrechthaben ist das pralle Leben und Rechthaben ein blutleeres Hobby. Wie es nur

aussehen muß, innen drinnen in den großen Kritikern! In Karasek wächst die große Wüste, da hilft die baldige Pensionierung auch nichts.
Liebe wiedervereinigte Deutsche! Die Beschimpfung Österreichs kann nur das Werk der Österreicher selber sein. Unser nationales Selbstbewußtsein erhebt sich wie ein Phönix aus der Asche der nationalen Selbstkritik.
Warum haben wir so einen Grant? Wer Österreich betrachtet oder die Welt oder die Literatur – der kriegt eben eine Wut, oder er hat nichts verstanden von diesem Land, dieser Welt, dieser Literatur. Das ist alles drei dasselbe, wenn man genau hinsieht oder gar -riecht.
Daß wir so einen Grant haben, wir und unsere Dichter, wechselseitig gegeneinander und beidseitig gegen uns selber, das bringt uns zusammen, das ist das Fundament der österreichischen Literatur.
Daß Bernhard soviel Wut auf die Österreicher hatte, kratzte diese längst nicht mehr. Die unglückliche Nation schart sich um ihren unglücklichen Dichter. Jetzt sind wir alle Bernhardiner.
Man glaube uns: Unsere Dichter haben Spaß daran, daß wir sie unglücklich machen, und weil wir selber unglücklich sind, brauchen wir diesen Spaß.
Österreichs Unglück bezieht seine Lust aus der Differenz zwischen ständiger Wut und angenehmem Leben. »Der Österreicher ist von Natur aus

unglücklich«, dekretiert Thomas Bernhard in seinem Stück »Heldenplatz« und warnt seine Landsleute und die Welt:

»Kann schon sein daß Sie sich ein paarmal
im Jahr
in dieser Stadt wohlfühlen
Sie fallen ja immer wieder auf Österreich
herein
aber weil Sie einmal in einem Gasthaus gut
essen
oder in einem Kaffeehaus guten Kaffee
trinken
dürfen Sie doch nicht vergessen
daß Sie sich in dem gemeingefährlichsten
aller europäischen Staaten befinden.«

Thomas Bernhard aß so gern Topfenstrudel im Café Bräunerhof, dazu Futter für seine Wut – Zeitungen. Wut und Topfenstrudel. Wenn man ständig Wut hat und doch recht angenehm lebt, ist es die schönste Wut. Wenn man recht angenehm lebt und doch ständig Wut hat, ist es das schönste Leben.

Diese kultivierten Piefkes, die unerkannt in Wiener Kaffeehäusern sitzen und das alles verstehen oder kritisieren oder mögen! Wir verbitten uns solche Vertraulichkeiten! Der Österreicher läßt sich von wildfremden Menschen nicht kritisieren und schon gar nicht lieben.

Indem der Österreicher Widerstand leistet, wird er unwiderstehlich. Dem wütenden Charme

Thomas Bernhards sind unterdessen, weil er tot ist, die Österreicher selber erlegen. Sie glauben ihm jetzt plötzlich, was er vergeblich schon zu Lebzeiten sagte, 1985 zu Vranitzky, als dieser noch Finanzminister war und ihn rügte wegen rüder Attacken auf Politiker:
»Aber natürlich bin ich weder gegen Österreich noch gegen Österreicher, sondern in Sorge um dieses Land.«
Heute glauben alle Österreicher, die Gefühl und Verstand haben, also doch mehrere – daß Bernhard kein Übertreiber war. Die Wirklichkeit dieses Landes hat den Bernhard überbernhardet.

Bernhard. Ein Gesamtkunstwerk.

Daß das Burgtheater mehr als hundert Jahre alt sei, ist eine Fehlinformation der Medien. Hundert Jahre alt ist das *neue* Burgtheater; wenn in Österreich was neu ist, ist es eben auch schon hundert Jahre.

Zum Unterschied vom neuen bürgerlichen Prunkgebäude an der Ringstraße, eröffnet Oktober 1888, gibt es schon seit 1741 das bescheidenere kaiserliche Hoftheater (daher sein Name, weil es Teil der Hofburg war). Aber es wurde nichts Rechtes, ehe Claus Peymann die Direktion übernahm.

Wehe, wer der Kunst an ihre Freiheit greift, da werden wir Progressive ganz moralisch. Wir verteidigen sie beziehungsweise ihn mit aller Entschiedenheit, ein Häuflein österreichisch Aufrechter, gegen jene österreichische Mehrheit, die – provinziell, banausisch, konservativ, klerikal, faschistoid – unsern Thomas Bernhard angreift, nur weil er uns angreift, und unsern Claus Peymann, nur weil er immer mehr Bernhard mit Wonne uns einireibt.

Unsre Kunstministerin, ein echtes Stück Sozialdemokratie, wie sie Bernhard so liebte und gleichsetzte mit Katholiken und Nazis, schrieb ihm einen lieben Brief, daß sie sich freute, daß er uns und sie und alle so beschimpft beziehungsweise, was offenbar dasselbe ist, daß er ein so großer Dichter sei, was sie schätzte.
Das Schöne am Verteidigen der Freiheit der Kunst ist, daß man sich nicht damit herumzuschlagen braucht, was Kunst ist. Hauptsache, sie ist frei.
Was ist Freiheit der Kunst, wenn keine Kunst ist; ist dann auch keine Freiheit? Unsinn. Wenn Freiheit ist, ist auch Kunst. Wenn aber Freiheit ist und keine Kunst, desto schlimmer für beide.
Dieser Heldenplatz von Bernhard war ein großer Erfolg.
Längst hat Peymann, dessen Ensemble ohnehin schon viel zu groß ist, damit man es nicht merkt, ganz Österreich dazuengagiert. Alle, alle spielen mit. Erst unter Peymann ist das jubilierende Burgtheater jenes *deutsche* Nationaltheater, als welches der unfähige Kaiser Joseph II. es wollte. Was sind 100 Jahre neues Haus am Ring gegen *dieses* neue Haus.
Ganz Österreich ist Spielfläche. Bernhard & Peymann sind ein Ring der Nibelungen, daß gegen sie der Syberberg ein Antifaschist ist. Sie inszenieren die österreichische Nation als Gesamtkunstwerk. Der arme Hofmannsthal rotiert in

seiner schlichten Franziskaner-Kutte im Sarg. Ein so großes österreichisches Welttheater ist ihm nie gelungen. Ihm fehlte die Dialektik, die Bochumer.

Es ist ein Stück im Stück im Stück. Das Hauptstück heißt: Was ist Österreich heute? Was wir waren, wissen wir, a fesche Monarchie; was wir sein werden, wissen wir auch, das Schwanzel, das mit dem EG-Bernhardiner wackeln wird; aber desto düsterer erhebt sich die Frage: Was *sind* wir? Was ist unser nationales Sein? Peymann sagt es uns, er und nur er, der Piefke, hält die Wacht am österreichischen Sein.

In diesem Haupt- und Staatsstück ist enthalten das Stück, das Bernhard & Peymann mit uns aufführen. Denn Bernhard und Peymann sind unabschaffbar geworden. Längst sind sie die letzten Garanten der österreichischen Neutralität, die letzten, die unseren neuen Anschluß ans wiederum falsche Reich derbremsen können.

Man sieht, das vieldiskutierte Stück »Heldenplatz« (1988) ist in diesem historisch-aktuellen, dramatisch-politischen Gesamtstück der unwichtigste Teil. Was drin steht – auch wenn der Verlag Suhrkamp den Text nicht gleich herausgab, wußte man's eh. Es steht drin, was immer beim Bernhard drinsteht. Er schrieb immer dasselbe Stück, wie jeder gute Dramatiker.

»Es gibt jetzt mehr Nazis in Wien als achtunddreißig«, stimmt nicht. »Die Universität ist ja auch voller Idioten«, stimmt nicht. »Die Stadt Wien ist eine einzige stumpfsinnige Niedertracht«, stimmt nicht. Bernhard hat die Wirkung eines altösterreichischen Mörsers. Er trifft nicht, aber die moralische Wirkung ist ungeheuer. Alles was nicht stimmt, stimmt.

Bernhard hatte diese ungeheure Wut im Bauch, die uns Österreichern Kern gibt, die uns gesund hält.

Heimito von Doderer erzählt, das staatliche Institut, wo Impfstoff gegen Tollwut erzeugt wurde, habe amtlich geheißen: »Bundesanstalt für Wut«. Also das ist jetzt das Burgtheater: Dr. Bernhard erzeugt aus Wut Impfstoff.

Ebendrum ist Thomas Bernhard jetzt unser österreichischer Nationaldichter, der einzige, den wir derzeit haben. Denn der Handke, der die österreichische Wut auch hat, läßt sie nicht heraus, er ist zu verquält, der richtige Suhrkamp-Autor, man liest ihn, und boshaft fragt man am Schluß: Was will er?

Bei Bernhard ist ganz klar, was er will. Er will, was wir alle wollen, deswegen ist er der richtige Nationaldichter. Er spricht für die österreichische Nation, die sich in ihm nicht wiedererkennt. Er ist der einzige verkannte Nationaldichter.

Wenn er aus dem Caféhaus trat, wo er alle Zeitungen jeden Tag las, um die Wut am Kochen zu halten, verstellten ihm die Wiener den Weg und

sagten, er gehöre aufgehängt. Ja, wie ein Bundespräsident gehöre er an die Wand in jedem Raum, der sich dafür eignet, unser Bernhard, unser wirklicher Präsident.
Denn wenn der Österreicher in seiner Qual verstummt, gab ihm der Peymann zu sagen, was er leidet. Ach, aus uns Österreichern wird eben auch immer erst was, wenn uns ein tüchtiger Deutscher in die Hand nimmt beziehungsweise auf den Arm.

Warnung vor Österreich

Wehe, wer uns liebt

Warum ich Peter Rosegger bin

Bleib gut versteckt, Mariazell!

Oma im Plastikwandl

Der Wald bin ich

Wehe, wer uns liebt

Deutscher, kommst du nach Österreich – schließe fest die Augen und blähe die Nüstern. Schauen kann jeder Tepp, aber riechen? – Schnuppere, sauge, pumpe dein deutsches Inneres voll mit dem Duft dieses Landes! Ozon, Stickoxyde, Heimito von Doderer und Kaffee.

Doderer, Meister der deutschen Sprache und daher den Deutschen unverständlich, schreibt in der »Strudlhofstiege«: »Daß Österreich nicht zu Deutschland gehört, erkennt man daran, daß man nur in Österreich wirklichen Kaffee kriegt.«

Freilich hat sich der Unterschied jetzt verwischt, denn die Kolonisierung Deutschlands durch Österreich schreitet fort. So haben wir es dahin gebracht, daß manchmal in Deutschland der Kaffee schon besser ist als in Österreich und auf der letzten Silbe betont wird. Wenn Doderer das erlebt hätte – wie hätte der Zornbinkel getobt!

Zu den zahllosen heimlichen Aggressionen, die der Österreicher gegen die Deutschen hegt, gehört das Gedankenexperiment, aus der deutschen Literaturgeschichte die österreichischen

Autoren auszusondern. Übrig bliebe ein schmales Bändchen, behaupte ich in patriotischem Überschwang.

Einzig sicheres, leicht erkennbares Unterscheidungsmerkmal zwischen Deutsch und Österreichisch ist nur noch die Zugehörigkeit des Wienerischen zum Gotischen. Tatsächlich haben Dialektforscher Spuren dieser ältesten Form des Germanischen im Wiener Dialekt zweifelsfrei festgestellt.

Wer aber an die Wissenschaft nicht glaubt, möge selig werden durch die Psychoanalyse. Sigmund Freuds Wohnhaus im Wiener 9. Bezirk, Berggasse, mußte kürzlich renoviert werden. Japaner hatten es so oft fotografiert, daß es einzustürzen drohte.

Doch das nur nebenbei. Wichtig ist der psychoanalytische Unterschied zwischen Deutschen und Österreichern. Der Deutsche ist Masochist, das wissen die Österreicher. Der Österreicher ist Sadist, das wissen die Deutschen nicht. Je schlechter wir sie behandeln, für desto gemütlicher halten sie uns.

Nach Besichtigung des Freud-Hauses begeben Sie sich daher raschest – zu Fuß zehn Minuten – ins Freudenhaus Ch. Demel & Söhne, k.k. Hofconditor, Wien 1., Kohlmarkt, und lassen Sie sich dort schlecht behandeln.

Sofern Sie von den viel zu vielen Fremden nicht schon beim Eintritt zusammengetreten werden,

nehmen Sie Platz auf den unbequemen Stühlen. Häufen Sie darauf auch noch ihre Rucksäcke, Kameras, Mäntel, Hüte, Schirme. Wehe, Sie fragen nach einer Garderobe.
Beschwerte sich neulich ein vorlauter Deutscher: »Aber die gibt es doch überall!«
»Sie sind hier nicht überall«, war die strenge Antwort einer Demelinerin – das ist der schwarzgekleidete Orden, der den Freßtempel hütet.
Art Buchwald, der ebenso berühmte wie dicke US-Kolumnist, kam bei der Demel-Türe gerade noch herein, aber dann nach Genuß von Dobosch-, Esterhazy- und Malakofftorte nicht mehr hinaus. Es mußte die Feuerwehr geholt werden.
»C-A-F-F-E-E, sei kein Türk' und trink nicht soviel Kaffee«, komponierte unser Mozart, ehe er durch die Feiern zu seinem 200. Geburtstag getötet wurde.
Ach, hätten die Türken Österreich schon 1532 oder 1683 erobert, nicht erst jetzt, bei der erfolgreichen 3. Türkenbelagerung. Schon sind in Wien die Naschmarkt-Buden fest in türkischer Hand.
Die Türken trinken Kaffee, also haben sie Kultur. Wien wäre aufgeblüht zur westlichen Zitadelle des Orients. Was die Österreicher irgendwie sowieso sind. Jetzt haben wir eine neue Chance. Schon spinnen wir unsere Fäden quer durchs neue Slowenien, Kroatien, Bosnien, Mazedonien, in die Türkei und noch tiefer in den Islam.

Fundamentalismus hat den Österreicher noch nie geschreckt. Als unser letzter Kaiser unseren letzten General fragte: »Aber die andern san doch viel stärker?« – antwortete der General: »Majestät, wir werns schon demoralisieren.«

Fällt euch denn nichts auf, deutsche Freunde? Wir haben euch in den Ersten Weltkrieg gehetzt, für den Zweiten euch den größten Feldherrn aller Zeiten geschenkt. Erst an Helmut Kohl sind wir unschuldig, wenngleich er zu uns auf Urlaub kommt.

Und glaubt ja nicht, daß ihr in den biederen Alpen sicherer seid vor der österreichischen Heimtücke. Ja, die aufrechten Tiroler katzbuckeln vor euch, und die nicht minder geldlüsternen Salzburger bedienen euch hint' und vorn. Sie beschuhplatteln und bejodeln euch. Aber: »Der Wildschütz schleicht spät durch die Büsche, die Büchse ganz fest in der Hand.«

Im wunderschönen Stubai-Tal zum Beispiel gibt es alljährlich das beliebte »Gästeschießen«. Es ist Hochsaison, alles überfüllt, und da werden eben die überzähligen Gäste abgeschossen. Der Jäger als Heger. Und die Erlegten gehen bei der großen Menge der Fremden niemandem ab.

Aus den Alpen stammt der folgende Brauch, der sich vom Wiener Schmalz deftig unterscheidet: Ein Tiroler Schütze, erzählt der Landeshistoriker Hofrat Hormayr, kämpfte zu Andre Hofers Zeiten mit einem französischen Eindringling hoch droben auf einer Felswand. Er konnte ihn nicht überwältigen. Da umarmte er ihn und sprang mit ihm gemeinsam in den Abgrund. Dabei schrie er: »Juhuuhui!«

Sehen Sie, meine ahnungslosen deutschen Leser, genau so ist die Situation auch heute noch. Immer mehr Fremde, immer mehr Hotels, Straßen, Lifte, Seilbahnen, Discos, immer reichere Hoteliers, immer kaputtere Natur, bis schließlich alles hin ist. Gemeinsam springen sie in den Abgrund, die Alpenbewohner und die Touristen.

Nun Schluß mit diesen Tönen. Sonst schad' ich noch dem Fremdenverkehr. Das ist in Österreich strafbar (gemäß Vorarlberger Landesfremdenverkehrsgesetz, § 17). Ach was, ich riskier's:

Deutsche, für euch ist jede Gebrauchsanweisung in den Wind geschrieben. Bleibz daheim und schickz uns eure D-Mark mit der Post.

Warum ich Peter Rosegger bin

Notiz zu meinem 150. Geburtstag

Wer war Peter Rosegger? Ich wasche mir die Hände in Unschuld, und gereinigt nähere ich mich meinen XXXVII Jahrgängen der »Fackel«. Was entschied der oberste Gerichtshof? XXIII. Jg., Nr. 588, März 1922, hart, aber ungerecht: Rosegger produzierte, irrte Karl Kraus, »Bildungsstoff für Trottel« und stieg auf in den Olymp der »Dichter für die Schule«, das heißt der »für den Schulgebrauch approbierten Analphabeten«. Verschenkt und vergessen, vor kurzem wurde der Analphabet 150 Jahre, und wen interessierte das? Also mich sicher nicht. Ich weiß gerade noch, wie ein Rosegger-Janker aussieht. Er ist kariert, in gedeckten Grüntönen, und hat Hirschhornknöpfe. Wie ein Rosegger-Hut aussieht, weiß ich schon nicht, vielleicht gibt's gar keinen. Jedenfalls trage ich Rosegger-Janker und gegebenenfalls auch Rosegger-Hut. Ich fühle mich wie Peter Rosegger. Ich bin Peter Rosegger.

Wie das kam, weiß ich nicht mehr so ganz genau. Der Wald ist schön; die Heimat ist schön; wie schön muß erst Roseggers Waldheimat sein. Ich war als Kind mit den Eltern dort oben in der Obersteiermark und kann mich überhaupt nicht mehr erinnern.

Bücher habe ich von Rosegger nicht viele und die nicht ordentlich gelesen. Seine Erzählweise ist umständlich und doch nicht besonders genau, und sein Humor ist zu ernst, wie der ganze Mann.

Aber darauf, daß ich Peter Rosegger bin, hat das keinen Einfluß. Ich bin Peter Rosegger nicht, weil ich *wie* Peter Rosegger bin; das wäre unsinnig, das kann er ja selber besser. Ich bin Peter Rosegger, weil ich *nicht* wie Peter Rosegger bin. Das macht Sinn, das ist einleuchtend. Ja, ich bin Peter Rosegger aus lauter Bosheit.

Was bleibt mir denn übrig? Wenn ich mir meine Mitintellektuellen so anschaue, wie sie gegen Peter-Rosegger-Janker sind und gegen Peter-Rosegger-Hüte und gegen Erzherzog-Johann-Janker und gegen Erzherzog-Johann-Hüte und überhaupt gegen alles, was aus Loden ist und obendrauf einen Gamsbart hat. Also ich halte das für falsch, diesen pseudointellektuellen Lodenhaß. Da krieg' ich einen lodenen Haß. Da muß ich einfach Peter Rosegger sein.

Ich bitte also um Entschuldigung, ich meine es nicht bös, es ist einfach notwendig. Ich bin Peter

Rosegger, ich war auch schon Erzherzog Johann, und vielleicht werde ich's wieder sein – weil ich tief verbunden sein will mit dem Gebirge und dem Wald und den Seen und den Rehen.
Da kenne ich nichts, ich brauch' das zum guten Leben.
Früher war das ja nicht so. Sigmund Freud ging mit Trachtenjanker und Trachtenhut wandern, mit seiner Tochter Anna im Dirndl und mit weißen Stutzerln. Da gibt's ein schönes Foto. Hofmannsthal dichtete in einem Ausseer Haus mit grünen Fensterläden, da ist's leicht dichten ... und und und. Aber genau das sind eben die Typen von Intellektuellen, die den heutigen Intellektuellen verdächtig sind. Da heben sie ihre Augenbrauen und alles sonstige, was sich bei ihnen vielleicht noch hebt. Sie lachen, und sie haben unrecht.
Denn diese gestrigen Intellektuellen im Loden-Look, sie sind, liebe heutige Intellektuelle, die morgigen Intellektuellen. Da kommt was, riecht ihr denn nichts? Loden riecht immer ein bißchen wie nasser Hund oder wie Mädchenzehen nach längerer Bergwanderung, wenn sie glokkenhell lachen und aus den Bergschuhen schlüpfen und hinein in den gletscherkalten Bergbach. Ach, ihr versteht ja nichts, überhaupt nichts!
Peter Rosegger verstand übrigens auch nichts von Frauen, das sieht man an seinen Büchern,

und so schwer es mir fällt, das ist der einzige Verstand, in dem ich nicht Peter Rosegger bin, sondern eher Erzherzog Johann, welcher auf den steirischen Almen insgesamt 136 illegale Nachkommen gezeugt haben soll, was indessen seine zahlreichen Nachkommen dementieren.
Na egal, ich bin Peter Rosegger, und ich sage euch, beziehungsweise ich sage euch genauer, was schon Schopenhauer sagte, daß nämlich nach dem Weltuntergang die Musik bleiben wird – und zwar die Zithermusik.
Nach dem technizistisch-szientifizistisch-kapitalistisch-modernistischen Weltuntergang wird süße Musik sein, es werden die Caféhäuser geschlossen, das heißt geschlossen ins Gebirge verlegt, und die Melange wird mit Gamsmilch vermengt, und die IntellektuellInnen werden ihre lächerlichen Trussardi-Armani-Missoni-Lagerfeld-Iceberg-Ungaro-Valentino-Gucci-Gwandeln ausziehen und meinen Peter-Rosegger-Janker anziehen, und beim Umziehen werden sie sich zwischendurch auf den saftigen, sorgsam vom Bergbauern als Landschaftsgärtner gepflegten Bergwiesen wälzen und ein neues Geschlecht zeugen von lauter Peter Roseggern in lauter Peter-Rosegger-Gwandeln von Gucci-Valentino-Ungaro-Iceberg-Lagerfeld-Missoni-Armani-Trussardi.
Ja, so wird das sein, und da nützt es mir gar nichts, daß ich Peter Rosegger bin.

Bleib gut versteckt, Mariazell!

I.

Himmeln wir sie an, die Habsburger, ehe es zu spät ist – ehe sie abtauchen in den dreifachen Kreis der Hölle: Fremdenverkehr (Österreichs republikanische Tourismusmanager werben schamlos mit »Imperial Austria«); TV (Karl Habsburg, Thronfolger, ist schon Fernsehmoderator); großes Geld (Karl heiratete die Piefkin Thyssen-Bornemisza am 31. Januar 1993 in Mariazell).

Nur in barmherziger Unkenntnis *dieser* habsburgischen Zukünfte konnte Kaiser Franz Joseph schon vor hundert Jahren behaupten, ihm bleibe nichts erspart.

Jetzt erst ist es soweit: Schon brannte die Wiener Hofburg; als Rom brannte, spielte Nero Leier; Bundespräsident Klestil kann nicht einmal Zither; und der letzte wirklich musikalische Habsburger war der Barockkaiser Leopold.

Das wahre Habsburg zu feiern und die wahren Fortschrittsfreunde zu ärgern, nehmen wir einen möglichst ungenauen Zirkel und suchen den wahren Mittelpunkt Mitteleuropas, das heißt des habsburgischen Geisterreiches: Wir halbieren dessen Nord-Süd-Erstreckung von Galizien bis zur Adria; wir halbieren dessen West-Ost-Erstreckung von Vorarlberg bis Siebenbürgen – und gelangen so nach *Mariazell*, gänzlich versteckt in den steirischen Kalkalpen. Bleib gut versteckt, Mariazell!

II.

Keiner weiß, wieso der Markgraf von Mähren (um 1200) und der König von Ungarn (um 1350) auf die Idee kamen, so gänzlich weit weg von ihrer Herrschaft eine Wallfahrtskirche zu bauen im fernen steirischen Urwald. Jedenfalls rissen sich bald die Habsburger den alpinen Gnadenort unter den kaiserlichen Nagel.
Als Obersthabsburgerin ließen sie die heilige Maria, eine uralte Statue aus Lindenholz (1270), hier residieren und gaben ihr die Titel »Magna Mater Austriae«, »Mater gentium slavorum«, »Magna Hungarorum Domina«. – Jahrhundertelang und zu ungezählten Tausenden zogen auf verschlungenen Pilgerwegen quer durchs Habsburgerreich die altgroßösterreichischen Slawen und Ungarn nach Mariazell. Jetzt kommen sie wieder zu verblüffenden Tausenden, wie wenn

dazwischen nichts gewesen wäre außer ein bißchen Kommunismus.
Kam der Kaiser wallfahren, wohnte er schlicht beim Kaufmann Cajetan Arzberger am Hauptplatz gegenüber der Kirche. Das Kaiserzimmer ist noch vorhanden. Unten im Geschäft verkosten jetzt Jäger, Liftwarte und Seilbahnführer die neuesten Schnapskreationen der Dynastie Arzberger.

III.

Daneben in der Basilika, bewacht von drei eng beisammenstehenden Türmen – ein gotischer Spitz, zwei barocke Zwiebeln; eine europäisch einmalige Kombination –, tut die Gnadenmutter weiter Gutes. Ich kann bestätigen, daß sie alle Wünsche erfüllt, wenn sie gerechtfertigt sind, was man daran erkennt, daß sie nur diese erfüllt, also nur wenige.
Aus bleibt zum Beispiel ein republikanisches Wunder: Die vielen Habsburger zu verschlingen, die hier Geburtstage und Hochzeiten feiern, möge sich die Erde öffnen. Nein, hier ist solider habsburgischer Felsengrund, hier öffnet sich nix.
Gottesmutter und Gotteskind am maria-theresianisch gold- und silberglitzernden Gnadenaltar tragen gestickte Hofgewänder mit echten oder

unechten Juwelen. Jesus schaut einheimisch aus, Maria etruskisch, also auch einheimisch.
Alpen-Etrusker, behaupte ich, waren sicher in diesem alten Bergbauwinkel. Im Ortsteil Rasing steckt, behaupte ich, »Rasenna«, so nannten sich die Etrusker.
Das Heiligtum steht auf Felsengrund mit einer Quelle dahinter, dem noch vorhandenen Heiligbrunnen, dessen Heilwasser meinen Augen manche brillenfreie Stunde beschert. Fels und Quelle sind sichere Hinweise auf das vorchristliche Alter des Mariazeller Heiligtums.
Hier sind die Alpen. Was soll der Tiroler Dreitausend-Meter-Kitsch, peinlich voll mit bunten deutschen Touristen? *Hier* sind die menschenleeren Wälder, in denen man, endlos wandernd, vorzeitlich sich verliert.
Am Dürrenstein unweit Mariazell gibt's die letzten echten Urwälder Mitteleuropas, Besitz der Barone Rothschild, immer noch. Während die Einheimischen wild schlägerten zwecks Profit, bewahrte ihnen der Jude unberührten Heimatwald. Seit 150 Jahren darf in den Rothschildwald niemand hinein, es kann auch niemand, es gibt keine Straßen, keine Wege, alles zugewachsen.
Einsamkeit. Alle paar Gehstunden nur die gemütlich verschlossenen Jagdhäuser altösterreichischer Adelssprossen. Auf dem wilden Ötscher gibt's noch (und wieder mehr, dank WWF) Bären.

Kein wahrer Freund Mariazells nützt die bequeme und schnelle Straße dorthin, sondern die zünftige Mariazeller Bahn, neunzigjährige Schmalspur, oh, und mit Bänken so unbarmherzig wie die Natur im Gebirge. Doch je weher dir der Hintern tut, desto gewaltiger auf fast dreistündiger Bummelfahrt entfaltet sich ebendiese Gebirgsnatur.
Man kann auch mit dem Segelflugzeug landen. Auf dem Flugplatz begrüßt dich ein Schild »Flieger fliegen auf Mariazeller Honiglebkuchen«.

IV.

Mariazell ist eine Stadt bescheidener Größe (2000 Menschen). Ich kenne keinen Ort, wo man so sehr zugleich in der Stadt und auf dem Land ist. Die Häuser sind vielstöckig, oft in reinem Jugendstil, zeugend von Reichtum, gewonnen aus den Wallfahrern und längst zerronnen.
Die große Pfarrwiese verlängert sich auf den fürs Schifahren ausreichend geneigten Hauptplatz. Modernisten nützen die mitten aus der Stadt führende 400-Meter-Seilbahn auf die kunstbeschneite, daher schneesichere Bürgeralpe (1270 m).
Die Kirche auf dem Hauptplatz ist eine Basilika. Sie darf sich mit päpstlicher Erlaubnis so nennen. In Wahrheit ist es ein großzügiger Dom, in dem mehrtausend Pilger bequem Platz haben.

Oh, mein paläotouristisches Wonneleben! Von meinem Hotelzimmer blicke ich direkt auf den Hauptplatz und genieße den Verkehr, ja doch, ab und zu fährt im Laufe des Tages ein Auto. Auch Menschen gehen wenig. Im allgemeinen herrscht auf dem Hauptplatz der heiligen Stadt Mariazell eine heilige Ruh'.

Hoch der Mariazeller Fremdenverkehr, der keiner ist! Nirgendwo hat aus einem so einzigartigen Ort mißbegabte Werbung so glücklich nix gemacht. Die Szenerie, religiöse wie alpine, ist von dekadenter Raffinesse, die Hotellerie von süßem altweltlichen Reiz. Nur Salzburg ist von vergleichbarer Unvergleichlichkeit.

Ja, du bist Orplid, mein Land, das ferne leuchtet. Träume ich? Die mit Loden bekleideten Menschen tragen Gamsbärte, und die bärtigen Gamsen tragen Loden, in jedem strengen Winter, und hier ist jeder Winter streng, werden von den »Österreichischen Bundesforsten« den Gemsen lodene Schabracken umgeschnallt zum Schutz vor dem gefürchteten Gamshusten.

Mariazell ist Habsburgs Jerusalem. Und wie im Tempel die Händlerbänke, die Jesus umwarf, so findet man hier die »Standeln« rund um die Basilika, aber keinen, der sie umwirft. Es sind in die dicke Umfassungsmauer eingelassene Buden.

Auf den Schildern steht statt »Souvenir« meist »Andenken«, auch »Silber-, Gold- und Wallfahrtswaaren«. Angesehene Mariazeller Familien verdienen sich hier ein unerhebliches Zubrot. Sie leben davon, daß sie meist geschlossen halten. Der »Wallfahrtswaaren« gibt's ganz ungeheure. Neben Kerzen, stärkenden Schnäpsen und schützenden Kreuzen, Medaillonen, Halsketten gab's bis vor kurzem noch »Schluckbildeln« aus dünnem, eßbarem Papier. Zwecks Heilwirkung müssen sie unzerkaut geschluckt werden. Immer noch gibt's die elektrischen Mariazeller Madonnen, mit bunten Lämpchen und einer kleinen Lade, in die man Papierstreifen legt mit daraufgeschriebenen Wünschen.

Erwirbt man eines der berühmten, bunt mit Mariazell bemalten Mariazeller Kaffeeheferl mit Goldrand, gibt's in der Basilika im linken Mittelschiff einen eigenen Tisch, wo man sie hinlegt zum Weihen. Am nächsten Tag holt man sie. Ich kann bestätigen, daß Kaffee aus ihnen, auch sehr starker, kein Herzklopfen macht.

Die Fenster meines Hotelzimmers sind beide gänzlich gefüllt mit Kirche, nur links oben ist etwas Platz für einen Sichelmond. Er schwimmt wie ein Boot auf dem Mariazeller Himmel, und drin steht die Mariazeller Jungfrau und Gottesmutter, ein unglaubwürdiger Anblick für Protestanten aus dem Norden.

Ich öffne das Fenster, und schon spüre ich eine wohlriechende Feuchte im Gesicht. Maria hat, wie vom heiligen Bernhard von Clairvaux mehr-

fach berichtet wird, Milch gespritzt auf ihren Verehrer, mit Hilfe eines Engels, der leicht auf ihre Brust drückte.
Milchkind der Großen Mutter Österreichs, dessen werden nur wenige teilhaft, und wer lüstern zu diesem Zweck anreist, ist selber schuld, wenn ihm statt dessen nur Frühstückssahne widerfährt.

V.

Das Läuten der basilikalen Glocken von Mariazell findet mehrmals am Tage statt, und immer schön lang. Eigentlich schließt ein Läuten ans andere. Die Intervalle sind gefüllt mit sanftem Gebimmel. Das Hauptläuten ist ein Orkan alpiner Frömmigkeit, an- und aufregend wie eine Wirtshausrauferei angetrunkener Pilger.
Das morgendliche Hauptläuten beginnt Schlag 5 Uhr 30. Eine lange Reihe tourismusfeindlicher Mariazeller Benediktiner Mönche hat über die Jahrhunderte hin herausgefunden, zu welcher frühesten Stunde die höchste Zahl von Hotelgästen am tiefsten schläft.
Aber die Mariazeller Muttergottes hat alles zum Besten gewendet. Die Gäste schrecken zwar auf, aber nur ganz kurz, anschließend findet eine wundersame Ausgießung von heiligmäßigen Endomorphinen statt, gutächtete ein Konzilium

Mariazeller Luftkurärzte, und bewirkt sofortigen Tiefstschlaf.
Somnambul schleppe ich mich zum Fenster und beobachte, wie durch den Morgennebel wetterfeste Lodengestalten zur Frühmesse huschen. Dann hülle ich mich gleich wieder in die Mariazeller Tuchent, ein blau-, an hohen Kirchenfeiertagen rotgewürfeltes Federbett voll echter Daunen echter Gänse aus Höhen über tausend Metern.
Ich schlafe in Mariazell drei- bis viermal so tief und so lang wie daheim. Nahtlos schließt an mein üppiges Mariazeller Spätfrühstück mein üppiges Mariazeller Frühmittagessen.
Ermöglicht wird dies durch das digestionsfördernde Mariazeller Jagasaftl. Ursprünglich wurde es aus saftigen Mariazeller Jagern direkt gewonnen, jetzt aber streng hygienisch. Doch bleibt der Gewinnungsvorgang immer noch geheim.
Dem Mariazeller Mittagessen folgt die Mariazeller Jause folgt das Mariazeller Nachtmahl. Zwischendurch ißt man Mariazeller Lebzelte.
Hierauf stärkere Digestionsförderung durch Mariazeller Magenbitter. Er ist gar nicht besonders bitter, sondern heißt so, weil die Mariazeller in ihrer Basilika die Muttergottes bitten, ihnen einen starken Magen zu geben, weil sie ihn brauchen.
Hilft der Mariazeller Magenbitter nimmer, ge-

trost, so hilft Maria selber. Sie thront auf grüner Packung, zu Füßen eine Wolke, auf der »Schutzmarke« steht. Es handelt sich um die »Tinctura cellensis«, »Mariazeller Magentropfen aus der Apotheke zur Gnadenmutter zum Einnehmen«. Ängstlichen ist schon geholfen, wenn sie andächtig die Aufschrift beten in den hauptsächlichen Pilgersprachen. »Mariacelske Zaludecni Kapky« (tschechisch), »Marijaceljske Kapljice za Zelodec« (slowenisch), »Máriazelli Gyumorcseppe« (ungarisch). Im Jahr 1990 beging man feierlich das Fest »210 Jahre Mariazeller Magentropfen«.

Oma im Plastikwandl

In der Nacht auf den Dreikönigstag, wenn die Tiere sprechen können, erzählten mir Tiroler, wie sie den Andre Hofer umgebracht haben. »Dösch wor arst vor zehn finfzehn Johr, mier hoben es jo it ondersch gewißt, suscht hätten mer es it getun.« – »Das war erst vor zehn, fünfzehn Jahren, wir haben es ja nicht anders gewußt, sonst hätten wir es nicht getan.«

Das Wohnzimmer, in dem wir saßen, hätte in jedem beliebigen Bundesland Industrie-Österreichs sein können oder in jedem beliebigen Land Industrie-Europas.

Die ganze Stube, erzählten sie, war getäfelt mit Zirbenholz. Das haben sie herausgerissen. Da sind jetzt PVC-Tapeten aus dem Tapetenwunderland, man sieht drauf einen Wald. In der Stube ist ein großes Picture Window, draußen sieht man keinen Wald, sondern des Nachbarn großes Picture Window.

Damit man sich nicht gegenseitig sieht, sind immer die Vorhänge zu, Stores aus der Wunderwelt des Wohnens.

Einst waren in den beiden Wänden, die nach außen gehen, vier Fenster. Da hat man die Sonne, erzählt die Oma, von einem Fenster zum andern wandern gesehen; auf der Wand gegenüber konnte man an den Sonnenflecken ablesen, wie spät es ist. Das ist jetzt nimmer nötig, denn es hängt eine Uhr dort. Das Zifferblatt ist eine vorgetäuscht alte Kupferpfanne mit vorgetäuscht alten Messingziffern. Das Horrorstück hat öS 7000,– gekostet, DM 1000,–.

In der Ecke war ein Kachelofen, der war so groß, erzählt die Oma, da konnten im Winter zwei Leute auf der Ofenbank schlafen und oben auf dem Ofen noch einmal zwei. Man konnte Klappen aufmachen, daß die Zimmer daneben und im Stock darüber mitbeheizt wurden. Jetzt haben sie Zentralheizung. Sie stellen sie, außer wenn die Fremden kommen, auf ganz klein und ganz kalt, weil ihnen das Öl zu teuer ist.

Da heizt Ihr mit Öl aus Arabien und habt den Wald direkt bei Euch, scherze ich schwach.

Ja, sie hätten schon noch genug Holz, und im eigenen Wald, aber ein neuer Kachelofen kommt zu teuer. Der, den Ihr herausgerissen habt, ist überhaupt unbezahlbar, reibe ich's ihnen hinein, für solche Öfen werden heute sechsstellige Summen bezahlt.

Schönheit, die sich in Ziffern ausdrücken läßt, wird plötzlich vorstellbar, und es tut ihnen leid.

In ganz Tirol, erzählte mir ein Fachmann, gibt's noch zweitausend echte Bauernhäuser.
Weil die Zentralheizung so teuer ist, friert im Klo das Wasser ein, gestehen sie; man soll bitte das Fenster nicht aufmachen. Früher einmal, beginnen sie und wollen mir Mineralwasser einschenken; warum habt Ihr fremdes Wasser in Flaschen, ätze ich, wo Ihr so herrliches Wasser selber habt direkt vom Gletscher. Ein gewöhnliches Wasser mögen die Fremden nicht, sagen sie.
Außer auf dem Klo, sage ich. Früher einmal, setzt der Hausherr fort, haben der Vater und ich die Senkgrube ausgeleert mit großen Schöpflöffeln. Das haben wir in der Ökonomie verwendet.
Hygiene ist der Abtransport wertvoller Scheiße mit wertvollem Wasser ins Nichts, sage ich.
Der Hausherr lacht, weil es ordinär ist. Unser Bach, gesteht er, riecht, wenn viele Fremde da sind. Alles wird geklärt, ehe es in den Bach rinnt, beteuert er, aber es stinkt trotzdem. Und schäumt so komisch, sage ich; ein Aerosol aus Fremdenscheiße. Wegen Eurem berühmten Bach und der guten Luft kommen die vielen Fremden. Jetzt riechen sie sich selber, geschieht ihnen recht.
Auch wenn jetzt das Kraftwerk gebaut wird in diesem Tal, wird der Bach immer einige Stunden für die Fremden eingeschaltet werden. Ökonomie und Ökologie sind keine Gegensätze.

Unser Bach ist eh' zu nichts mehr nutz, erzählt der Bauer. Da haben sie eine Wärmepumpe angeschlossen, damit er die große Freitreppe quer durchs neue Gemeindezentrum beheizt, aber weil der Bach so dreckig ist, ist die Pumpe immer verstopft. Daher ist die Treppe immer vereist, die Fremden rutschen immer aus.

Aber sie müssen durch, es gibt keinen andern Weg mehr vom oberen ins untere Dorf als quer durch den Betonriegel um 350 Millionen Schilling, 50 Millionen DM. Sie müssen durch, weil rechts und links lauter schicke Geschäfte auf der Lauer liegen auf die Fremden. Sie haben im Bauch des Bunkers alle kein Tageslicht, mitten im Hochgebirge.

»Dar Fremdenverkehr«, sagte der Bürgermeister, aber da war er schon betrunken, »ischt ärger als dar Wöltkrieg.«

Weil die Zentralheizung so teuer ist, hat die Oma immer kalte Füße. Früher ist ihr Bett mitten in der Stube mit dem großen Kachelofen gestanden. Was würden da die Fremden sagen.

Zu Weihnachten kriegte die Oma ein blaues Plastikwandl für warme Fußbäder. Das Wasser wird automatisch beheizt, außerdem wird Strom durchgeschickt zur Belebung ihres Kreislaufs.

Auch den Kühen geht es besser. Alles was sie brauchen, Vitamine und Antibiotika, wird ins Futter gemischt. Sie werden nie mehr auf die Alm getrieben, auch nicht zum Gemeindestier.

Das macht jetzt der Tierarzt, er spritzt ihnen den tiefgekühlten Samen hinein. Eine Portion, die der Zuchtstier in eine Gummischeide leert, wird in 600 kleinere Portionen aufgeteilt, jede kostet 350 bis 1400 Schilling, 50 bis 200 DM, je nach Qualität des Stiers.
Wenn die Kuh das nicht annimmt, das kommt öfter vor, muß sie doch zum Stier. Das funktioniert dann immer, sagt der Bauer entschuldigend.
Alle schauen ein bißchen verlegen. Nur die Oma lacht verschmitzt.
Wissen Sie, was da war, wo Sie jetzt hinschauen, fragt die Oma. Nein, sag' ich und schau' auf den Fernsehapparat in der Stubenecke. Dort ist ein ganzer Herrgottswinkel: ein dreimastiges Segelschiff aus Plastik, eine Konfektschale aus Bleikristall und mehrere Schlünze, oder wie die heißen, aus buntem Plastikplüsch. Dort in der Ecke, erzählt die Oma, war früher eine Muttergottes auf die Wand aufgemalt.
Ja, kann man die nicht wieder herausholen, kletzle ich an der Tapete, ob sie vielleicht heruntergeht. Nein, nein, sagt der Hausherr, da drunter ist alles sauber, die Maria haben wir mit Kalk weggespritzt.
Oben im Stock haben sie noch einen Christus am Kreuz, so groß wie ein Mensch. Da haben wir eine Fremde gehabt im Zimmer daneben, die hat sich immer geschreckt, erzählt der Haus-

herr, wenn sie auf die Toilette gegangen ist. Ja, wenn Sie noch nie einen nackten Mann gesehen haben, da tun Sie mir leid, hat unsre Oma zu der Frau gesagt. Und donn hat ünsere Oma noch gesogt: Dar Christusch, dar wor immer do, dar bleibt, wora ischt.

Also ist nicht alles verloren.

Der Wald bin ich

I.

Wir werden«, rief der Knappe Gauvain, sich im Sattel aufrichtend, »den Wald durchreiten, sei er so tief, wie er mag, und den Wurm schlagen, wenn er auch noch so groß ist und nicht nur sechzig, sondern hundert Pferdelängen mißt, und wir werden so die Bedingungen der Herzogin erfüllen, man wird die Trompeten blasen, und Ihr werdet Lidoine zur Gemahlin nehmen. Werdet Ihr sie auch lieben?«

»Wie soll ich denn das wissen?« sagte Ritter Ruy lachend und verbarg hinter dem Lachen sein völliges Alleinsein. –

So beginnt Heimito von Doderers kunstreiche Novelle »Das letzte Abenteuer«. Und wenn man wissen will, was Wald *war*, muß man sie lesen. Sie handelt von einem Drachen, genauer von der Gleichung Wald ist gleich Drache ist gleich Wald. Der Ritter tötete den Drachen nicht, es war ihm zu fad, auf so übliche Weise zu einer Gattin zu kommen. Ihn interessierte nicht die Liebe zu zweien, sondern das Alleinsein mit dem Wald.

»Es waren die Augen des Wurms. Sie hatten sich geöffnet. Wie zwei kleine Waldtümpel lagen sie vor Ruy, deren brauner, mooriger Grund, durch die Sonne herauftretend, doch die ganze schwindelnde Tiefe des Himmels weist, die er spiegelt. So tief führten diese Augen hinein und wie durch Wälder, welche nicht in Tagen, Wochen oder Monaten, sondern in ganzen Jahrtausenden nur zu durchreiten waren. Sie umschlossen, wie dieser Wald von Montefal hier dieses eine Abenteuer, so alle auf Erden möglichen Abenteuer überhaupt. Somit das ganze Leben.«
Brauner, mooriger Grund. Doderer war kurzzeitig Halbnazi. Zum Ausgleich heiratete er am Tag des Anschlusses seine Lidoine, sie war Jüdin. Der Wald hat eine rechtskonservative, romantische, NS-kitschistische Vorgeschichte. Heute ist er das Objekt linker, grüner, alternativer, wertkonservativer Rettungsphantasien. Er umschließt alle möglichen Abenteuer zur Rechten wie zur Linken. Er muß gerettet werden. Ihm gehört meine geistige und politische Anstrengung. Ich bin der Wald bin der Drache bin der Wald.

II.

Je fortschrittlicher ein Land, desto weniger Wald. Zwischen Wald und Zivilisation besteht ein invers-perverses Verhältnis. Der Deutschen Wesen ist mit Wald verstopft, sie haben Wald im Hirn und sonstwo. Die Deutschen haben Wald in allen Körperteilen. Das Fachwort für diesen rohen Tatbestand heißt auf deutsch Ökologie.

Der Wald ist ein Sumpf der Reaktion. Der Wald ist seinem Wesen nach repressiv, intolerant und fremdenfeindlich.

Zwischen der fundamentalistischen Ontologie des Waldes und dem psychotischen Fundamentalismus des autoritären Charakters wabern Zusammenhänge, die aufzudecken bezeichnenderweise heute niemand wagt bei Strafe des Scherbengerichts durch ein ökomanisches akademisches Establishment.

Mit dem zeitgeistigen Luxurieren pseudowissenschaftlicher Materialien über das sogenannte Waldsterben kontrastiert der absolute Mangel an Studien über den Wald als auffällig prä-, proto-, para-, post- und paläonazistoides Paradigma.

»Der Wald glich einer ungeheuren leeren Säulenhalle. Kein Wind streifte die Wange. Reglos blieb das Geäst, blieben die langen Bärte von Moos an den hellen Stämmen, dann und wann an einem langen Sonnenstrahle bis in verwobene Waldestiefen hineingereiht und durch ihn verbunden wie die Saiten einer Harfe von der hervorlaufenden Tonleiter.«

Ich warne. Vor lauter Wald sieht man die Bäume

nicht, die ungehindert in den Himmel des Irrationalismus wachsen. Mag sein, mag sein, daß der Wald stirbt unter den Sachzwängen einer heil- und unaufhaltsamen Humanisierung unserer Industriegesellschaft – fest steht aber bereits, daß er leider viel zu langsam stirbt, als daß er rechtzeitig seiner Romantisi-, Nostalgifizi- und Mythologisierung die reale Grundlage entziehen könnte.
Die Notwendigkeit des Waldes ist unbestritten. Aber daß es ein Wald sein muß aus Bäumen, Zweigen, Nadeln, Eichhörnchen und Blaumeisen – ist dumpfe Öko-Indoktrination. Entgegen allem postmodernen Technoskeptizismus sind Wissenschaft und Industrie sehr wohl in der Lage und willens, und gut tät's ihnen in der jetzigen Krise, in einem großen, gläubigen Aufschwung einen Ersatzwald herzustellen, der alle ökologisch erforderlichen Parameter aufweist. Nur Mut. Iz ä tschällentsch.

III.

So aber bleibt Waldboden, sei er noch so sauer, Nährboden für die Süße des Zurüx und Hinaps, jener Drogen des Untergangs, die sich der moralischen und polizeilichen Stigmatisierung bisher erfolgreich entzogen haben. Im Gegenteil, immer gebräuchlicher werden sie.

Ja, in den Zweigen, die ohnehin jedes Jahr neu ergrünen und so dem apokalyptischen Masochismus der grünen Orgiasten ihre Ökolüge ins Gesicht schlagen – an diesen grünen Zweigen, warne ich, hängt der gemütsschwüle Liebestau, den die teutonischen Silvanophilen dauerejakulieren in dicken, klebrigen Tropfen.
»Unter dem Blau des Himmels hier, in dieser lichten und dichten Stille, setzten für einen Augenblick Herzschlag und Atem aus ... dann wuchs der wohl fünfzig Fuß lange Schlangenhals des Tiers über den Berg ... und in diesem Augenblick, als auch schon das Knacken und Brechen einzelner Stämme deutlich vernehmbar wurde, sahen Herr Ruy und Gauvain zum ersten Mal den langen Rücken des Wurms ... Hier war Frieden. Hier trat die sonst, aus Angst und Gejagtheit des Herzens, vielfach unbeachtete Welt von allen Seiten herein wie in ein vieltoriges Haus. Hier tändelte ein Schmetterling, und auch er war, mit leichten und zufälligen Bewegungen, in diese Schale der Ruhe gefaßt und konnte darin betrachtet werden.«
Blauhimmel Dichtstille Herzenswurm Friedensschmetterling Drachenheimat. In einer Ausstellung der postmodernen Architektengruppe Haus-rucker & Co. in Wien kaufte ich mir den wohlfeilen Führer, drin las ich: »Alle Formen von Heim und Heimat tragen den Virus nationalsozialistischer Überzeugung in sich.«

Gegen den Wald- und Heimatvirus haben fortschrittliche Wiener ein Kondom übergestülpt. Er gehe ins Kaffeehaus, entschied schon Alfred Polgar, weil man dort nicht daheim sei und doch nicht an der frischen Luft.
Ich aber tändele. Der Unterschied zwischen mir ist, daß ich für die Rettung der Kaffeehäuser bin *und* für die Rettung der Wälder. Hasch mich, ich bin ein Schmetterling.

IV.

Die Waldhornklänge der Waldeslust der Waldesretter mischen ihre obstinate Melodik unter die Dodekaphonie des postmodernen Null-, Minus- oder Miniwachstums. Die Rezession wird von den vereinigten Kohorten der Öko-Kassandren klammheimlich krankgejammert in eine »Strukturkrise« der freien Marktwirtschaft.
Ja, im Tannicht oder Fichticht, Buchicht oder Eichicht des deutschen Waldes versickert das Licht der Aufklärung. Jenes Licht auf einer »vollends aufgeklärten Erde«, welche, wie schon die Kirchenväter der Frankfurter Schule denunzieren zu müssen sich bemüßigt fühlten, »strahlt im Zeichen triumphalen Unheils«: Horkheimer/Adorno, Dialektik der Aufklärung, 1. Aufl. 1947; hier ist die konspirativ marxistische Wurzel des grünen Kassandrismus.

Das Waldsterben ist Realität, die einer seriösen Beweisführung entzogen bleibt. Und was Wissenschaft nicht streng bewiesen hat, bleibt bloßes Luftgebilde, vielleicht vermischt mit Ozon, CO_2, NO_x, deren Obnoxität aber gleichfalls strengst wissenschaftlich bestreitbar bleibt. Das Waldsterben, warne ich, ist globale Realität und deutsche Ideologie. Glasklare westliche Ratio hat dafür keinen Begriff, nicht einmal ein Wort: Franzosen wie Briten borgen es aus dem Deutschen, *le waldsterben, the waldsterben.*

Die Briten machen so was sehr selten. Ihre letzten Anleihen aus dem Deutschen waren kriegerischer Art: *the hinterland* aus dem 1., *the blitzkrieg* aus dem 2. Weltkrieg. *The waldsterben* würde dann aus dem 3. Weltkrieg sein, wenn wahr wäre, daß dieses planetare letzte Gefecht gegen Natur und Untergang schon geschlagen und verloren wurde.

V.

Wald ist, was immer sonst, deutscher Wald, Teutoburger Wald. Im Irrsal und Wirrsal nordischer Waldesnebel lauern hinter und auf den Bäumen immer noch die Stammeskrieger Herrmanns des Cheruskers, inklusive wilder Waldschützerweiber, auf die arglos ängstlich über Wurzeln einherstolpernden romanischen Heerscharen. Es ist die alte Dichotomie von Barbarei und Zivilisation, mit den Deutschen wieder einmal auf der falschen Seite. Sie bleiben Barbaren, sei's auch Öko-Barbaren.

Alles Bewältigen der Vergangenheit bleibt eine halbe Sache, wenn sie nicht mitzuverbewältigen vermag dieses ewige Singen und Sagen vom deutschen Wald beziehungsweise Johlen und Jodeln vom bayerischen Wald.

Im jüdischen Witz erklärt der Grün dem Blau die Relativitätstheorie so: Gehst du mit einem Mädel in den Wald, sind zehn Minuten kurz. Sitzt du mit dem nackten Toches in einem Ameisenhaufen, sind zehn Minuten lang. Sagt Blau: Na kolossal, und das hat der Einstein erfunden?

Oh, seht, liebe irregeführten FreundInnen der deutschen Ökologie, genau so ist es mit dem Wald. Zu lange schon saßen wir mit dem nackten Toches im Waldsterben. Schluß damit.

In dieser Krise, die ja keine ist, sondern immer tiefer wird, und desto tiefer sie wird, desto weniger ist sie eine – also wir verstehen uns. Jetzt haben wir wirklich andere Sorgen als diesen faschistoiden Scheiß.

VI.

In einem guten Text muß viel Landschaft sein, forderte Nietzsche. Ich schrieb alles, was ich über den Wald schrieb, im Wald. Doderer war gut zum Mitnehmen, ein Reclam-Bändchen. Drache weit und breit keiner. Nietzsches Mix: Er war ständig krank und ständig an der gesunden Luft – geht bei mir nicht; ist tiefstes 19. Jahrhundert. Ich bin ständig gesund und ständig in der kranken Luft. Zuviel Ozon unten, zuwenig Ozon oben – höchstes 20. Jahrhundert.

Aber der Wald ist die Stätte zeitgenössischer Kriminalität immer schon gewesen. Wenn die Bäume reden wollten, statt ewig nur rauschen! Wo sind sie, all die Leichen? Von Leidenschaftstätern hastig verscharrt unter Laubhaufen, in denen des zufälligen Waldwanderers Stock schaudernd steckenbleibt! Oder von eiskalten Vorausdenkern sorglich eingesenkt in längst ausspionierte, tiefe, bis heute unentdeckte Wurzelhöhlen!

Oh, schweigender Wald! All die Räuber und Schätze; Soldaten und Granaten; Einsiedler und fromm betörte Jungfrauen; abartige Sittenstrolche und Normalperverse; Liebende und Flüchtende; Vergewaltiger und Vergewaltigerinnen; Opfer und Opferinnen; manche heiraten zu guter Letzt.

Der einst ihr Mißbraucher war,
Führt sie itzt zum Traualtar.
Hatte sich vergangen jäh,
Büßt mit lebenslanger Eh'.

Aber das Bildstöcklein, dessen ich mich entsinne, hier unter der Blutbuche war's, scheint versunken im weichen Moos oder aus Schicklichkeit von Forstorganen beiseite geräumt. Ich trällere, mich tröstend, mein Waldeslieblingslied:

Mich dauert nicht mein junges Blut,
Mich dauert nicht mein kühner Mut,
Mich dauert die selbige Tannen,
Darauf elf Jungfrauen hangen.

Was fühlt so ein Tannenbaum mit elf Jungfrauen auf sich? Bäume sind Mit- und Triebtäter. Viel weniger würde passieren, wenn die Wälder weniger rauschten, die Vögel nicht so verantwortungslos sängen, die Stämme nicht so phallisch ständen.

»Über allen Gipfeln
Ist Ruh'.
In allen Wipfeln
Spürest du
Kaum einen Hauch.«

Ist das nicht die Beschreibung einer besonders raffinierten Fellatio, mit ganz ruhigem Beginn und kaum merklicher, quälender, endloser Steigerung? Wie ich meinen Goethe kenne, trau' ich's ihm zu, daß er uns alle zum Narren hielt, alle, bis heute, bis zu diesem Blitz der Erkenntnis hier auf dieser gut geschützten Waldeslichtung. Kaum hört man die Autos, nur die Ameisen und Fliegen sind lästig, wie halt immer.

VII.

Lieber wäre ich ja ein bekannter Schriftsteller geworden, aber ich wurde ein bekannter Hirsch. Nein, ich bin ja gern ein Hirsch. Auf der »Pressekonferenz der Tiere«, 1984 im Wiener Presseclub, trug ich ein Geweih, Peter Turrini einen gelben Unkenbauch, die anderen Promis waren auch Viecher. Es ging um Rettung der Hainburger Donauauen vor einem blöden Kraftwerk.
Seither bin ich Hirsch und empfindlich, wenn meine Mitösterreicher, die mich als solchen kennen, einfach meinen, das war ein Faschingskostüm, ein Publicitygag der Grünen. Sie kennen sich selber nicht, Österreicher und Bayern sind lauter Hirsche und -kühe.
Man sieht es auf dem Streitwagen von Strettweg, Obersteiermark, im Grazer Museum Eggenberg, aus 600 v. Chr., gefunden 1851. Er zeigt Menschen und Hirsche in mythischer Vermengung.
Immer noch nageln Österreicher und Bayern auf dem Land Hirschgeweihe auf ihre Hausgiebel oder in der Stadt auf die Balkone der Sozialwohnsilos, Sehnsuchtssignale der dort Aufbewahrten. Es handelt sich nicht um feudale Jagdsymbole, sondern um mich, den heiligen Hirsch der Illyrer und Kelten seit mindestens dreitausend Jahren.
Die Spitze des Wiener Stephansturmes zierten bis 1840 die Geweihe von acht kapitalen Hir-

schen. Und 145 Jahre später gab's unterm Stephansturm die große Demo mit Tanz für Erhaltung der Donauauen. Was trugen die Tanzenden? Lauter Geweihe. Ein Wald von Geweihen. Ein irrer Anblick. Das nenne ich historische Kontinuität.

VIII.

Meine Verehrung als Hirsch erstreckte sich einst, soweit sich das vereinigte Waldeuropa erstreckte, über den ganzen Kontinent also. Auf dem Kessel von Gundestrup, gefunden 1891 in Jütland, Dänemark, silbern, solide 2000 Jahre alt, sitze ich im Türkensitz, mein riesiges erigiertes Geweih sticht in die anderen Figuren, die da drauf sind. Ich präsidiere mit riesigem erigierten Glied über einem Menschenopfer, das neben mir gerade stattfindet. Ein Priester steckt einen Menschen, Kopf voran, in einen Kessel nach Art des Kessels, auf dem diese Horrorszene zu sehen ist.

In der Rechten halte ich einen Ring, in der Linken den Kopf einer Schlange. Ich bin zuständig für die Unterwelt und den Reichtum. Ein Relief, gefunden in Reims, zeigt mich mit einem Geldsack, aus dem Münzen fallen.

Ich bin auch Sankt Patrick, der irische Hausheilige, der sich und seine Gefährten in Hirsche verwandelte. Der bretonische Landespatron, Sankt Edern, reitet auf mir. Die Münchener, wenn sie über den Stachus gehen, den häßlichsten Platz ihrer schönen Stadt, haben keine Ahnung, daß sie an mich denken sollten. Der Stachus kommt vom Sankt Eustachius, der mich am Karfreitag jagen wollte und nicht konnte. Eustachius und Hubertus, hilflose Heilige gegen mich heidnischen Hirsch.

Wer mich als Hirschbraten ißt, weiß gar nicht, was er ißt. Die Kelten waren verrückt nach Menschenopfern. Dem Hirschgott Cernunos opferten sie Menschen mit aufgesetzten Hirschgeweihen, sie trieben Kopfjägerei und Menschenfresserei. Daß Hirsche gegessen werden statt Menschen, ist Ergebnis später Zivilisierung Österreichs und Bayerns.

Die heute so im Schwang befindliche Frage nach unserer Identität sollte nicht den Psychologen überlassen bleiben. Sie glauben nicht an die Psyche, sie haben also selber keine Identität. Wir brauchen nicht Psychologeme, sondern Mythologeme. Leute, wir kommen alle aus dem Wald und sind alle Hirsche und -kühe. Röhr und Muh.

IX.

Ich bin natürlich auch ein Sexualsymbol. »Hirschen« heißt in den Alpen heute noch die Ausübung des Geschlechtsaktes. Meine Hirschkuh hat goldene Ohren und schlanke Beine aus Bronze. Sie ist die Erde, und ich bin der Himmel – wir heiraten uns ununterbrochen im tiefen Wald.

Einst war natürlich auch die Mongolei von Wald bedeckt. Dschingis Khan ist der Sohn meiner feuerroten Hirschkuh und eines himmelblauen Wolfes. Das schönste Bildnis meiner Hirschkuh ist aus dem alten Griechenland, 7. Jahrhundert vor Christus, ein höchstbeiniges, schlankstfesseliges Hirschweibi auf einer Amphore aus Böothien.

Sex und Trauer gehören zusammen. Sex ist die kurze Unterbrechung der Trauer; Trauer ist der lange Zwischenraum zwischen Sex und Sex. Drum ist der Hirsch, einsam im Walde, auch Sinnbild der Melancholie. Mit einem Pfeil im Herzen und einem heilenden Kraut im Maul – kräuterkundig bin ich Hirsch ja auch – kann ich weder verenden noch genesen. Der Hirsch leidet am »malum immedicabile«, nannten es mittelalterliche Symbolisten. Gegen mich ist kein Kraut gewachsen und für mich auch nicht.

Ein Männlein sitzt im Walde/Im Türkensitz/Es trägt auf seinem Kopfe/Ein Hirschgeweih.

Der Wald stirbt, der Wald kann nicht sterben.

Kreiskiana

Kreisky geht schifahren

Reh mit Preiselbeeren

Wer starb mit Bruno Kreisky?

Kreisky geht schifahren

Er werde nicht an den diversen Hundertjahrfeierlichkeiten (1989) seiner Partei teilnehmen, sondern schifahren gehen. Sagte Bruno Kreisky, 77, Ex-Chef der SPÖ, als er nur noch rechts und links gestützt sich fortbewegen konnte, ein Hauch von Körper, der Rest war Geist. »So gut schifahren, wie ihr regieren, kann ich noch lang«, hieß das an die Adresse seiner glücklosen Nachfolger.

Kreisky war schon immer ein Meister des reinen einfachen Nonsens-Satzes mit metaphysischem Tiefgang. Befragt, einst, warum er seine betagte Wissenschaftsministerin Firnberg ablösen wolle, antwortete er: »Alt bin ich selber.« Befragt, warum das Atomkraftwerk Zwentendorf, wenn es gänzlich ungiftig sei, dennoch einen so immens hohen Schornschein habe, brummte er: »Einen Schornstein hat a jede Fabrik.«

Seines Nachfolgers Franz Vranitzkys Sätze sind gänzlich anderer Art. Sie haben Scharniere, mit denen sie sich um das Thema rundumwinden, und wenn man meint: Aber jetzt, jetzt kommt's – kommt gar nix mehr.

»Und schließlich gibt es noch«, legte Vranitzky die Parteilinie fest, als er Parteiobmann wurde, »die Enttäuschung wegen der Nichterfüllung des Unerfüllbaren. Diese Enttäuschung beruht auf der Einsicht, daß nicht alles erfüllbar ist, was man sich vorgenommen hat.«

Der Sozialismus ist etwas sehr Schönes, das Problem ist die SPÖ (die SPD, die KPdSU und so weiter). »Die *ersten* hundert Jahre« – das Motto des SPÖ-Jubiläums – eine Drohung, daß es so weitergeht.

Die ersten hundert Jahre feierte die SPÖ im Gaswerk, das der Wiener Bürgermeister Karl Lueger um die Jahrhundertwende errichten ließ. Hitler nannte Lueger »den gewaltigsten deutschen Bürgermeister aller Zeiten«. Der Gründer der christlichsozialen Partei hat in der Tat große Verdienste um Wien und war in der Tat der gewaltigste Antisemit vor Hitler.

Die SPÖ im Gasometer des Antisemiten Lueger – den österreichischen Patrioten stiegen mütterliche Gefühle auf bei so kindlicher Fehlleistung.

Natürlich hat die gute alte Tante SPÖ mit dem Antisemitismus Luegers oder gar Hitlers nichts zu schaffen. Desto auffälliger die totale Instinktlosigkeit, mit der Vranitzkys SPÖ sich in den Gasometer begab. Die österreichische Sozialdemokratie, die in Wien von 1919 bis 1934 weltweit bestaunte kommunale Großtaten vollbrachte, feierte statt in den von ihr selber hingesetzten Bau-

ten (Karl-Marx-Hof, Arbeiterheime und so weiter) oder statt im »roten Rathaus« – im grotesk falschen Ambiente.
Es ist Vranitzkys SPÖ sicher nichts – in Ziffern: nichts – dabei aufgefallen, und wäre es ihr aufgefallen, hätte sie nichts daran gefunden. *Das* ist das Delikt.
Daß Politik der Symbole bedarf und große Politik der großen Symbole: Die alte österreichische Sozialdemokratie wußte es und baute sie – Vranitzkys SPÖ beseitigte sie und sah »keinen Handlungsbedarf«:
»Das Arbeiterheim ist eine Festung des Solidaritätsgedankens, ein Stück Ziegel und Stein gewordenes Kraftbewußtsein«, leitartikelte einst (1910) die Wiener »Arbeiter-Zeitung«. Unterdessen wurde das Arbeiterheim Favoriten, das letzte erhaltene seiner Art, »bis zur Unkenntlichkeit umgestaltet und dem Verfall preisgegeben«, klagte Architekt Jan Tabor.
Symbole delegiert Vranitzky gerne an Werbefachleute. Die übernahmen gern den Auftrag und schneiderten aus dem Gaswerk des Antisemiten Lueger ahnungslos auch noch das Logo des SPÖ-Jubiläums. »Spotten ihrer selbst und wissen nicht wie«, sagte aus geringerem Anlaß Goethe.
Jammervoll schlecht sind derzeit die Kabaretts in Wien. Aber auch wenn sie viel besser wären – kein Kabarett hat eine Chance bei solcher Konkurrenz durch die Wirklichkeit.

»Franzi Peppi«, sagte zum Kaiser Franz Joseph dessen Freundin Katharina Schratt und ließ einen neuen Brillantring funkeln, »was glaubst, was der kost' hat.« Ein Kaiser hat von so was natürlich keine Ahnung. »100 Gulden«, riet er höflich. »Aber geh, 10 000!« – lachte die Schratt. Sagte der Kaiser, ein Kavalier der alten Schule: *»Is a net teuer!«*

So ungefähr spielte sich eine Diskussion im österreichischen Parlament ab, an deren Ende sich herausstellte: Runde 40 Millionen Schilling betrug der Staatszuschuß zu den Jubiläumsfeierlichkeiten der rosaroten Regierungspartei.

Daß aber vom österreichischen Sozialismus gar nichts mehr da ist, stimmt einfach nicht. Der Arbeiter-Radfahrerbund heißt zwar längst *Auto-* und Radfahrerbund, und aus dem Gebäude der eingestellten »Arbeiter-Zeitung« wurde zwar das Hotel *Ananas.* Aber bitte, das A ist noch da. Auf der Suche nach dem restlichen roten ABC gewinnt Vranitzkys bösartige Beschreibung durch Thomas Bernhard – »ein immer noch mit dem Analphabetismus ringender Bundeskanzler« – eine neue, nicht mehr so unfreundliche Kontur.

Sozialismus kommt von sozial, aber wo geht er hin? Daß vom österreichischen »Sozialismus« hinten der »Ismus« unterwegs verlorenging, muß noch nicht schlecht sein.

Ein ganzes Land liegt vor Euch – möchte man den Sozialdemokraten zurufen, nun seit fast

zwei Jahrzehnten am österreichischen Regierungsruder –, und dieses Land wartet darauf, neu gebaut zu werden. Schönste Arbeit für eine ganze Generation. Was aber macht ihr?
Solche Gedanken spinnen, heißt schmerzlich ausmessen, wieviel Lichtjahre der österreichische Realsozialismus entfernt ist von rettender Kühnheit. Oder wie bei Eröffnung der Jubiläumsausstellung SPÖ-Klubobmann Heinz Fischer sagte, der immer gut ist für danebengelungene Originalität: »Der Eindruck in diesem Gasometer ist umwerfend.«

Reh mit Preiselbeeren

Sterben muß a jeder, aber drängen laß ich mich nicht.« – Sagte im Oktober 1975, dem Jahr seines glänzendsten Wahlsieges und 15 Jahre vor seinem Tod, Bruno Kreisky, damals 64.
Das war bester Kreisky.
Erstens war nämlich nicht ersichtlich, warum er es überhaupt sagte, auf dem Höhepunkt seines Lebens – nur daß die Journalisten was zum dran knabbern hatten? – Wo war denn da der Zusammenhang?
Zweitens meinte er es wohl gar nicht biologisch, sondern politisch – »niemand regiert ewig so glanzvoll wie ich«, so war das wohl gemeint, und damit bekam er ja recht.
Als er vom Kanzlerthron stieg, 1983, nach 13 Regierungs- und 72 Lebensjahren, war vom Kreiskyglanz nicht mehr gar so viel übrig.
Kreisky hatte aus Österreich einen modernen Industriestaat gemacht, und der moderne Industriestaat hatte aus Österreich gemacht, was er halt überall macht: eine wachsende Wüste aus Natur- und Seelenzerstörung.

Die ökologische Gegenrevolution war längst im Gang, und sie war in diesem – trotz Kreisky – konservativen Österreich sensationell erfolgreich: Erstmalig in der Welt konnte ein Atomkraftwerk verhindert werden, noch zu Regierungszeiten und gegen heftigsten Widerstand Kreiskys. Gleichfalls erstmalig konnte, zwei Jahre nach Kreiskys Abtritt, ein großes Flußkraftwerk verhindert werden, durch die glorreiche Besetzung der Hainburger Au.

Ja, und drittens war der wunderbare Wahlspruch »Sterben muß a jeder, aber drängen laß ich mich nicht« – gar nicht von Bruno Kreisky, sondern von Fritz Grünbaum; der sang zu Jugendzeiten Kreiskys (1930) das Couplet »Mein Selbstmord«, mit den Schlußzeilen:

»Ich habe versprochen, der Welt zu entfliehen,
Aber freibleibend punkto Form und Termin,
Ich weiß, man muß halten, was man verspricht,
Ich sterb', aber drängen laß ich mich nicht.«

Man sieht: Grünbaum war ein noch besserer Coupletdichter als Kreisky. Die beiden waren eng befreundet. Grünbaum kam im KZ um. Kein Sterben war ihm gegönnt »freibleibend punkto Form und Termin«. Kreisky hat auf beides halten können, beim politischen wie beim physischen Abgang.

»Ich will nicht. Einmal muß Schluß sein.« Sagte

er 1980, nach seiner Niederlage in der Volksabstimmung über das Atomkraftwerk Zwentendorf (1978) und nach seinem nochmaligen, die Niederlage überstrahlenden Wahlsieg (1979). Als er bei den Wahlen 1983 die absolute Mehrheit verlor, ging er tatsächlich.
Um hinterdrein die Ära Kreisky desto leuchtkräftiger zu machen, bestimmte er einen schwachen Nachfolger, den armen, erbarmungslos verheizten Fred Sinowatz – ein Kalkül, das ihm zuzutrauen war. Alle Großen haben außer starkem Licht auch starke Schatten.
Kreisky war ein Genießer der Macht wie des Lebens. Ich lernte ihn kennen, vor 37 Jahren, da war er Staatssekretär des Äußeren. Er aß Reh mit Preiselbeeren und entwarf mit Friedrich Torberg, zum Entsetzen des mitessenden Altfürsten Schwarzenberg, eine Einteilung der jagdbaren Tiere, je nachdem ob sie mit Preiselbeeren besser sind oder mit Rotkraut.
Der heutige Typ des mehrfachen Herzinfarktpolitikers war ihm herzlich fremd. Er regierte wie Perikles, durch ständiges Telefonieren.
Aus der Politik schied er, als sie, statt sonnenköniglich, krisenmanageriell wurde. Aus dem Leben schied er, als Nieren, Augen, Herz immer mühseliger wurden und keinerlei Rede sein konnte von Reh mit Preiselbeeren.

Wer starb mit Bruno Kreisky?

Als aufgewecktes Kind Zeitung lesend, ist mir schon aufgestoßen, daß mit großen Männern immer noch wer zweiter sterben muß.
»Mit ihm starb ...«
»Das ist nur eine Redensart«, sagten mir die ahnungslosen Erwachsenen.
Mit Kreisky starb der Sozialismus. Getrost, irgendwann werden die beiden schon auferstehen.
»Mein Großvater pflegte zu sagen«, schrieb Kreisky in seinen Memoiren (1986): *»Gott sei Dank kommen die Sozis nie ans Ruder.«* Sein Enkel regierte Österreich mit dreimal gesteigerter absoluter Mehrheit (1971, 1975, 1979) glorreiche 13 Jahre (1970–1983).
»Niedergang und Fall des Sozialismus« war Kreiskys großes Lebens- und Schreibthema in seinen letzten Jahren. Er saß, wie Edward Gibbon von sich berichtet (»Decline and Fall of the Roman Empire«, 1787), »nachdenklich auf den Ruinen des Kapitols«.
»Wenn eine sozialistische Bewegung keine Vision mehr hat« – schrieb Kreisky in seinen Memoi-

ren –, »dann sind alle ihre Anstrengungen ein sinn- und zielloses Taktieren oder Soldknechtschaft für Interessengruppen.«

Die Kreiskyvilla in der Armbrustergasse, Wien 19., stand leer. Die Gasse mündet in Weinberge, Grinzing ist immer noch ein Dorf. Auf dem schwarzen Gittertor blättert der Lack von der Tafel »Bitte leise schließen«. Die zwei Boxer des Altkanzlers sind älter geworden und besabbern zeremoniös meine Hosenbeine. Sie bewachen jetzt die »Bruno Kreisky Stiftung«.

»Der Anschluß ist längst vollzogen«, sagte mir Kreisky, Ende März 1990, vier Monate vor seinem Tod.

Kreisky, der letzte österreichische Außenpolitiker, war auch der letzte, der Robert Musil richtig aussprach, nämlich böhmisch, mit kurzem U und scharfem S. »Ich habe immer die Außenpolitik gemacht, wie sie bei Mussil steht.«

»Weltösterreich«: So steht's bei seinem Lieblingsdichter.

»Österreich«, sagte Kreisky, »wird jetzt in Mitteleuropa von den anderen überholt, vor allem von den Deutschen.«

Im Juli 1959, die SPÖ war gerade stimmenstärkste Partei geworden, saß ich zufällig beim damaligen ÖGB-Präsidenten Franz Olah und wurde Zeuge eines endlosen Telefonats mit Kreisky. Plötzlich schrie Olah: »Also was is, willst a Jud sein oder a Außenminister?«

Später erklärte Olah lachend: »Er will eh Außenminister werden, aber er weint mi stundenlang an, daß es net gehen wird, wegen dem Antisemitismus.«

Es ging. Sieben Jahre lang war Kreisky Außenminister, dann 13 Jahre Bundeskanzler – in einem antisemitischen Land ein jüdischer Regierungschef, der der beste Freund der Araber war.

Im April 1989, in einem langen Gespräch mit ihm, bekam ich das erste Mal das Gefühl: Der alte Herr interessiert sich für das, was er bisher weltbürgerlich beiseite schob: das Jüdische am Juden Kreisky. Als ich meinte, seine extrem kritische Haltung zu Israel sei »wohl auch Befassung mit seinen jüdischen Wurzeln« – brummte er nur.

Ich fragte: »Brummst du zustimmend oder ablehnend?« – Da brummte er nochmals, ich glaube zustimmend.

Einundzwanzig aus seiner Familie wurden von Hitler umgebracht. Manche wanderten aus deutschgesinnten Burschenschaften ins KZ, sozusagen samt Mütze und Schläger.

»Haben die nicht einen Fehler gemacht«, fragte ich ihn.

Er wurde wild: In Böhmen war man deutschgesinnt, die Juden erst recht, und das war richtig, deutsche Gesinnung ist das Gegenmittel gegen deutschen Nationalismus.

Jetzt wird's noch verblüffender, und so hörte

und sah man's in dem Film »Wie deutsch ist Österreich?«, den ich für den ORF machte. Kreisky O-Ton:
»Ich selber bin ja ein Mensch, der, wenn man so will, aus dem deutschen Kulturkreis kommt... Meine Familie ist eine sogenannte deutsch-böhmische Familie, reinsten Ursprungs, wenn man so will... Ich habe mich immer als zum deutschen Kulturkreis gehörig gefühlt... ich bin ein Deutsch-Österreicher, wenn man so will... Ich fühle mich, wie ich schon sagte, einem Deutschtum in einer besonderen Weise verbunden, aber nicht im nationalistischen Sinn, und fühl' mich gleichzeitig aber auch dem Europäischen verbunden.«
Kreisky hat die Ex-Nazis und die Ex- und die Immernoch-Deutschnationalen salonfähig gemacht in Österreich. Thomas Bernhard, im Stück »Heldenplatz«, nannte das: »Die sogenannten Sozialisten haben diesen neuen Nationalsozialismus erst möglich gemacht.«
Kreisky, sonst extrem empfindlich, mochte Bernhard. Er brummte: »Der wird scho' wissen, warum er kritisiert.« Dann aber, sehr schlicht: »Ich habe einfach nicht zur Kenntnis nehmen wollen, daß es eine Gruppe von Menschen gibt, auf die man verzichten kann.«
In seinen Glanzzeiten nannte er Atom- und Kraftwerksgegner »Narren und nützliche Idioten« (Oktober 1977). Mich speziell taufte er, in

meiner Begeisterung für die Kopfrevolution 1968, »Wurstel«. Es waren Zeiten, in denen die SPÖ Sorgen hatte, wie sie sie heute gern hätte.
Als ich Kreisky vor dem Bezirksgericht klagte, berief ihn und mich die geheime rote Eminenz, Gewerkschaftspräsident Anton Benya, zu sich in die Camera caritatis. Er sagte uns: »Hört's auf mit dem Bledsinn.« – Es war uns beiden peinlich und festigte unsere Freundschaft.
Als er gestorben war, stach es im Herzen, nur keine Kreisky-Nachahmung jetzt, dachte ich.
Homers Helden weinten bekanntlich vor jedem Gefecht. Laßt uns weinen, liebe Mitsozialisten, keine Rede vom »letzten Gefecht«.
»Ich hab' mein Leben«, sagte Kreisky mir im letzten Gespräch, »wirklich geliebt ... ich war sehr glücklich ... mit beiden Füßen auf der Erde zu stehen und gleichzeitig doch zu träumen ... Die Welt ist ja nicht besser geworden.«
Nein. Auf der Tagesordnung stand der Bankrott des Sozialismus. Auf der Jahrhundertordnung seine Auferstehung.

Unholde
Kunst

Bienen, Schmetterlinge,
Karl Kraus

Grillparzerisierungen 1

Grillparzerisierungen 2

Franz Werfel,
Kind im Weltraum

Bienen, Schmetterlinge, Karl Kraus

Vor sechshundert Jahren starb Karl Kraus, am 12. Juni 1936, vor nicht einmal sechzig Jahren, es ist unmöglich, sich in so prähistorische Zeiten zu versetzen. In den Straßen von Wien gab es Saurier, Säbelzahntiger und Straßenbahnen, die jedesmal bimmelten, wenn sie um eine Ecke fuhren. Zwei Jahre zuvor hatte die austrofaschistische Regierung Dollfuß aufständische Wiener Arbeiter massakriert. Zwei Jahre später werden die richtigen Faschisten in Wien einmarschieren. Kraus war anfangs für die Sozialdemokraten, schließlich für Dollfuß, weil er gegen Hitler war. Hitler ersparte er sich und starb seinen eigenen Tod.

Im Bett und unter Freunden, an seiner Seite den langjährigen Hausarzt. Kurz zuvor war er noch schwimmen, was er immer gerne tat. Es ging nicht mehr so recht, und er weinte.

Kaum einer stirbt heute noch seinen eigenen Tod, nur merken wir das nicht. Du stirbst nicht, du wirst gestorben. Nicht nur im Krieg und in den Folterkammern der Macht, wie immer schon. Wenn du in der Dritten Welt lebst, wirst du gestorben, weil die Erste dir dein Essen und deine Rohstoffe wegnimmt. Lebst du in der Ersten Welt, wirst du gestorben, weil regierende Vollidioten dich verstrahlen mit Krebsgift aus Atomfabriken, explodierenden wie funktionierenden. Wenn du ins Spital kommst, wirst du gestorben, weil du an 1001 Schläuchen und Drähten hängst und der Onkel Doktor nach Beratung mit seinem Chef, mit den Gesetzesbüchern und ein bißchen auch mit deinen Angehörigen, irgendwann den Stecker herauszieht, oje, jetzt bist du doch gestorben, aber eben nicht *deinen* Tod. Karl Kraus leistete sich seinen eigenen Tod. Er schrieb sich zu Tode.

»Nächtliche Stunde, die mir vergeht,
da ich's ersinne, bedenke und wende,
und diese Nacht geht schon zu Ende.
Draußen ein Vogel sagt: es ist Tag.

Nächtliche Stunde, die mir vergeht,
da ich's ersinne, bedenke und wende,
und dieser Winter geht schon zu Ende,
Draußen ein Vogel sagt: es ist Frühling.

Nächtliche Stunde, die mir vergeht,
da ich's ersinne, bedenke und wende,
und dieses Leben geht schon zu Ende.
Draußen ein Vogel sagt: es ist Tod.«

Karl Kraus hat viel geschrieben, bei dem ich mir sage, wenn ich's lese: warum so lang und umständlich. Bitte einmal einen Punkt nach einem endlosen Satz mit 17 richtig gesetzten Beistrichen. Bitte einmal einen Absatz nach 5 Druckseiten ohne einen. Und überhaupt, was soll's, der nimmt sich so schrecklich wichtig.

Hier das Gegenteil, die äußerste Sparsamkeit, wie in jedem guten Gedicht. Kein Gramm überflüssiger Wortspeck, alles festes Fleisch.

Von den zwölf Verszeilen sind neun Wiederholung. Rattern des Lebenszuges.

Nächtliche Stunde, die mir vergeht,
da ich's ersinne, bedenke und wende ...
Nächtliche Stunde, die mir vergeht,
da ich's ersinne, bedenke und wende ...
Nächtliche Stunde, die mir vergeht,
da ich's ersinne, bedenke und wende ...

Draußen vorm Schreibtisch das Leben. Ein Vogel, der nicht singt, sondern sagt. Drei Zeilen, die nicht reimen.

Es ist *Tag* mit hellem breiten A.
Es ist *Frühling* mit tirilierendem Ü und I.
Es ist *Tod* mit rundem, dunklem, friedlichem O.

Das ist ein Gedicht. Dafür kann man Endlosschreiber Kraus fast alles verzeihen.

Selbst in der schwindenden Schar der bedingungslosen Krausianer schämen sich heimlich fast alle, daß er so ein schlechter Dichter war, weil bei ihm reimt sich hinten alles. Der Reim sei, reimt Kraus,

> das Ufer wo sie landen
> sind zwei Gedanken einverstanden.

Naja. Liest man Verse vom berühmten Kraus wie diese

> Hier drin ist nichts wie Schmutz
> und ich bin voller Trutz.

– so sind da nicht so besonders viele Gedanken, deren Einverständnis uns vom Stockerl hebt.

Aber reimen ist immer auch Glücksache. Die gesammelten Werke unsrer berühmtesten Autoren liest anscheinend niemand; es ist verblüffend, welche Masse schlechter Verse auch die besten Dichter produzieren. Was bleibt, was ans Herz der gebildeten Menschheit wächst durch die Jahrhunderte, sind ganz wenige Gedichte und in ihnen ganz wenige Reime.

Kraus schrieb solche Gedichte und solche Reime. Es ist einfach nicht wahr, daß Gedichte, die sich hinten reimen, altmodisch sind. Es ist umgekehrt. Die moderne Lyrik ist altmodisch. Seit bald hundert Jahren schon erkennt man moderne Lyrik an ihren Ungereimtheiten. Fad ist uns das jetzt schon allen, außer den professionellen Literaturkritikern. Wir wollen uns von ihnen nicht terrorisieren lassen. Wir haben ein Anrecht drauf, daß es sich hinten reimt und wir zwischendurch auch verstehen, was der Dichter da schreibt. Insofern ist Karl Kraus ein postmo-

derner Dichter. Bei ihm versteht man alles, nur ist es halt lang und viel.
922 Nummern der »Fackel«, von 1899 bis 1936, 23000 Seiten. Nur die ersten Jahrgänge (bis 1911) gab's fremde Beiträger, im wesentlichen schrieb Kraus seine eigene Zeitschrift selber. Nächtliche Stunde um nächtliche Stunde, 37 Jahre lang, bis draußen der Vogel sagte, es ist Tod.
Der Schreibtischarbeiter zum Tode hatte eine Liebe zur Natur, die normalen Naturen unbegreiflich bleibt. Seine Freundin, Baronin Nádhérny, Herrin auf Schloß Janovice in Böhmen, berichtet von seinen Besuchen: »Stundenlang wie trunken unter blauem Himmel am Wasserrand liegend, beglückt von der Sonne, oder im Wasser sich erfrischend, verzaubert in eine Landschaft, wozu ihm ein Stückchen Wiese mit Löwenzahn genügte, der seine Phantasie alle vollendete Schönheit gab, selig lächelnd, gebannt Bienen und Schmetterlingen zusehend, wie sie aus Glockenblumen nippten.«
Auch darin ist Kraus postmodern, daß er wußte, was Natur ist, nämlich schlicht deutsch: Schöpfung Gottes.
»Ich weiß, was auf dem Spiele steht: Rettet unsre Seelen!« – formuliert er sein grünes Grundsatzprogramm im Juli 1914. »Ich weiß und bekenne – und auf die Gefahr hin, fortan ein Politiker zu sein oder gar ein Aesthet oder beides –: daß die Erhaltung der Mauer eines Schloßparks, der

zwischen einer fünfhundertjährigen Pappel und einer heute erblühten Glockenblume alle Wunder der Schöpfung aus einer zerstörten Welt hebt, im Namen des Geistes wichtiger ist als der Betrieb aller intellektuellen Schändlichkeit, die Gott den Atem verlegt.«

Der alles Ahnende hatte keine Ahnung, was *heute* alles passiert. Wenn ihm schon zum Ersten Weltkrieg einfiel, es seien »Die letzten Tage der Menschheit«; wenn ihm eben drum zum noch schrecklicheren Hitler nichts mehr einfiel – wäre ihm zur Welt nach dem ersten Tschernobyl und vor dem nächsten Tschernobyl schon gar nichts eingefallen.

»Der tote Wald«, in der letzten Szene der »Letzten Tage der Menschheit«, meint die zerschossenen Wälder des Ersten Weltkriegs. Schon die damalige vergleichsweise Idylle des Schreckens gab ihm alles ein, was über die heutige Totalkatastrophe zu dichten wäre.

»Der tote Wald

Durch eure Macht, durch euer Mühn
bin ich ergraut. Einst war ich grün.
Seht meine jetzige Gestalt.
Ich war ein Wald! Ich war ein Wald!

Der Seele war in meinem Dom,
ihr Christen hört, ihr ewges Rom!
In meinem Schweigen war das Wort.
Und euer Tun bedeutet Mord!

Fluch euch, die mir das angetan!
Nie wieder steig ich himmelan!
Wie war ich grün. Wie bin ich alt.
Ich war ein Wald! Ich war ein Wald!
(... verschwindet)«

Kraus irrte. Die zerschossenen Wälder wurden wieder grün, erst jetzt kriegen wir's hin, daß sie durch allgemeine Luftvergiftung allgemein sterben.
Leidend war Kraus immer, bettlägrig nur zehn Tage, davon zwei bewußtlos. Gehirnschlag. »Gehirnschlag«, rief er bei der Nachricht vom Tod eines Freundes durch solchen, »das sollte es nicht geben.« Kraus wollte nicht sterben, »er wollte immer leben«, berichtete Helene Kann, die ihn pflegte, »er glaubte nicht, daß er sterben müsse ... Der Geist müsse die Macht haben, den Tod zu verhindern ... Es sei nicht wahr, daß Goethe friedlich starb. Er schrie drei Tage und drei Nächte in Todesangst.«
»Jener ewigen Ruh ist nicht zu trauen«, reimte Goethe, »ich will leiden, lieben, hören, schauen.«
Nichts da. Im Februar vor seinem Tode wurde Karl Kraus, nächtlich vom Caféhaus nach Hause gehend, von einem Radfahrer niedergestoßen. Ein leichter Unfall, meinte der Arzt. Was wissen die Ärzte? Wer war der Radfahrer?
Das damals waren idyllische Zeiten in Wien, wo der Todesengel noch Fahrrad fuhr.

Kraus starb friedlich. Zwei Tage vor seinem Tod fiel er in Ohnmacht und wachte nicht mehr auf. So sparte er sich auch ein letztes Wort. Er sprach es schon 1913, aufbewahrt in den Papieren seiner Freundin Sidonie. Es ist, wie sich's für einen Satiriker gehört, ein letztes Wort, das man sich von einem Satiriker als letztes erwarten würde:
»Es ist alles gut in Ewigkeit.«

Grillparzerisierungen 1

Zu der vielfältigen Kriminalität des österreichischen Bildungswesens gehört, daß schon den Kindern unser Nationaldichter vermiest wird. Grillparzer ist als Unterrichtsgegenstand ungeeignet. Damit er gelesen wird, gehört er verboten.

Zumindest in den höheren Niederungen der österreichischen Literaturszene ist es soweit. Grillparzer zu mögen, ist widerprogressive Unzucht. Finde ihn attraktiv, und sie stempeln dir ein großes R wie reaktionär in den Fortschrittspaß. Welch Spaß! Literatur gedeiht am besten unter mäßiger Verfolgung.

In diesem Zeichen fand das Grillparzer-Jahr 1991 statt, indem es gar nicht stattfand. Während der zarte Mozart zu seinem 200. Tod geschunden wurde von den Schergen des Fremdenverkehrs, genoß der robuste Hypochonder Grillparzer zu seinem 200. Geburtstag sein höchstes Ziel, die absolute Ruh'.

Grillparzer, und zwar gefälligst so wie er ist, ist mein Liebling, und sollte man's diesem Text an-

merken, wird es mir herzlich recht sein. Grillparzer war der politischeste Kopf seines Jahrhunderts, gemeinsam mit den ihm unverwandten Marx, Nietzsche, Kierkegaard. Die Zeiten sind zu ernst, als daß man objektiv sein könnte.
Reaktionär – lehrt uns der vernünftige Marx – heißt das Rad der Geschichte zurückdrehen wollen. Vernünftigeres als das gibt's gar nicht, wenn das mysteriöse Rad der Geschichte pfeilgrad auf den Abgrund zurollt. Die Unvernünftler haben Grillparzer als reaktionär abgestempelt, und sie haben recht.
Grillparzer hatte, vernünftig wie er war, Angst vor dem Neuen, als welches sich das heraufziehende politische, ökonomische, ökologische Verhängnis, ihm durchschaubar, verkleidete. Grillparzer hatte die prophetische Wut gegenüber höherer Dummheit: Tumbheit, Dumpfheit der Sinne: nichts sehen, obgleich die Offenbarung sich schon offenbart; nichts hören, obgleich der Höllenlärm schon lärmt; nichts reden als das Esperanto des Fortschritts. Verdient ruht Grillparzer im ewigen Grant[1)].

1) Grant definierte ich für jene, die nur noch wissen, was Blues ist, in meinem Evergreen »Grenzenlos deutsch« (3. Aufl., Berlin 1991): »Zur Psychologie Österreichs ist die Biographie Grillparzers unentbehrlich ... Grant ist (s)eine gesellschaftlich akzeptierte Grundhaltung, durch stete Zurückweisung die dennoch dargebrachte Liebe zu steigern durch immer mehr Grant, um dadurch zu immer mehr Liebe zu gelangen. Schließlich vereinigten sich ewiger Grant und ewige Liebe zum perfekten österreichischen Lebensgenuß.«

Das Alte, das Grillparzer wollte, ist jetzt das Neue, Vernünftige. Das Neue, das er fürchtete, ist jetzt das Alte, Dumme.
Grillparzer wie Grillparzerpreisträger Handke haben den gemeinsamen Grant gegen die Teppen des Fortschritts; die Liebe zum Verwinkelten; die umgekehrte Gravitation: das Angezogenwerden nicht vom Großen, sondern vom Kleinen; und wenn's vorne schrecklicher ist als hinten, das Zurückbleiben als gesundes Fortbewegungsprinzip.
Alle guten Geister Österreichs erklären sich aus dessen geistiger Zurückgebliebenheit. Unübertroffen zeichnete dies Ernst Fischer in seinem Band »Von Grillparzer bis Kafka«. Immer lauert im Hintergrund die vermaledeite alte Monarchie; »christliche Türkei« nannte sie Grillparzer liebevoll.
Wollen wir nicht endlich austreten aus Österreich und hinein in die EG, mit G wie Germanisch! Mach ma endlich an Schluß. Anschluß.
Das war immer die Kunst der Österreicher: sich anzuschließen, ohne sich anzuschließen. Das hat schon Friedrich Hebbel bemerkt, beifügend, pedantisch, das sei, »als wenn zwei, die sich küssen wollten, sich dabei den Rücken zuzukehren wünschten«. Na, genau das hat Grillparzer getan, den Deutschen den verlängerten Rücken zugekehrt.
Freilich unter unsittlichem Bestehen auf gleich-

zeitigem Küssen – deutsche Sprache und Literatur sei unentbehrlich und verhaßt die deutsche Zentralstaatlichkeit (genau so Gottfried Keller für seine Schweiz).
Ernst Fischer (v)erklärt Grillparzer perfekt als Produkt des vor sich hinsterbenden alten Österreich. Zwischen zwei Welten: hie dieses alte Österreich, mit vielen Nationalitäten und wenig Lust zur industriellen Gesellschaft; hie diese Industriegesellschaft, Inbegriff von Revolution, kapitalistischer wie kommunistischer, Aufgeklärtheit, Vernunft.
Der vertrackte Zusammenhang: Grillparzer, ein aufgeklärter Mann, wäre gar nicht gegen die Revolution, wenn sie ihm nur nicht sein geliebtes Österreich auseinandersprengte. Er wäre gar nicht für dieses reaktionäre Österreich, könnte er nur ein neues kriegen, statt gar keins.
»Vom Schicksal bezeichnet mit: halb« – notiert Grillparzer über sich, seine Zeit, sein Österreich. Er, der ganze Dichter, ist politisch halbiert. Er ist liberal, aber konservativ. Er ist konservativ, aber liberal. Wie aktuell! Halbe Vernunft ist die vernünftigste Vernunft.
Ernst Fischer ist gescheiter als die meisten Germanisten, einander zitierende Ameisen auf dem Riesenleib Grillparzers. Im Herumkrabbeln teilen sie einander ihre Entdeckungen mit: »Er ist 19. Jahrhundert.« – »Nein, ganz modern, früher Schüler Freuds.« – »Ein altösterreichischer Re-

aktionär.« – »Nein, Aufklärer, Josephiner, Humanist, Grüner.«
Die Erklärung des Dichters aus den gesellschaftlichen Verhältnissen hinterläßt, nach genossenem Aha-Erlebnis, ein Nichts. Nachdem alles erklärt ist, bleibt boshafterweise der soeben Erklärte erst recht übrig als mysteriöses Wesen: als Dichter, der uns was gibt, über die Zeiten, Klassen, Jahrhunderte hinweg.
Dieser alte Grillparzer, dieses ganze alte Österreich – stetes Ärgernis für alle Fortschrittsfreunde – hat eine verblüffende *Modernität*, oder Postmodernität, hochaktuelle Garnichtmodernität.
Grillparzer ist ein Heros der Post-Postmoderne. Sie weiß es nur nicht, Gott sei Dank.
Die spezifische Modernität Österreichs – »vom Schicksal bezeichnet mit: halb« – ist genau die Modernität der Moderne überhaupt: ihre beständige Halbierung zwischen aufgeklärt-liberal und romantisch-konservativ.
Daher ist es durchaus nicht zufällig, daß in Wien, der aufstrebenden Metropole des absterbenden alten Österreich, die Moderne eine ihrer wichtigsten Wurzeln hat – an der sich die Kulturhistoriker in aller Welt bis heute ihre Zähnchen ausbeißen.
Sie sind halb blind, halb ahnungsvoll, jedenfalls fasziniert. Naja, fürn gehobenen Fremdenverkehr reicht das ja auch.

Grillparzer hatte »kindische Liebe« – so nannte er's, sich selbst karikierend – zum Heimatgebilde, gemischt aus Nationalitäten und Absurditäten; gemischt aus aufgeklärter Bürokratenvernunft und ästhetisch ansprechendem Durcheinander; Großreich, voll Skepsis gegen Größe; Metropole mit Hang zur Idylle; Industriestaat, aber anti-industriell und pro-agrarisch.

Das alles sah er – ein Verkehrsopfer unter den Rädern des Fortschritts. Das ist der Realismus seiner Romantik, die historische Unterlage seines Grants.

Er sah (Libussas Prophetie) die Bäume »gefällt zu niedrigem Gebrauch«; den Planeten »durchwühlt vom Eigennutz«; den Staat, »der jedes einzelne in sich verschlingt«; den Menschen, der »ausbeutet, was die Welt an Nutzen trägt ... Doch an die Grenzen seiner Macht gelangt ... wird er die Leere fühlen seines Innern.«

Aus dem Programm der »Grünen«, gäbe es eines.

Grillparzers Alternative – das Verbleiben beim alten – war keine.

Und jetzt sagt die Geschichte Ätsch zu Grillparzer und seinen Mitmarxisten (denn im Glauben an den unausweichlichen Fortschritt war er Marxist; Antimarxist im tiefen Widerwillen dagegen).

Das Begräbnis des Alten, Bunten, Grünen, Kleinen, Stillen – es findet statt und nicht statt. Die Geschichte läuft nicht wie zu Grillparzers Zeiten ein-, sondern zweispurig: Neben dem alten, blödsinnigen Vorwärts gibt's ein mögliches Zurück vor dem Abgrund. Das Ökologische – ein Sammelbegriff für alles Grillparzerische! – entfaltet sich zu einem geheimnisvollen Trotzdem.

Ernst Bloch definierte die Utopie als das, was »deutlich vordämmert«. Das ist die bescheidenste Form der Voraussicht. Denn wenn's schon deutlich ist, wenn die historische Entwicklung drauf schon zuläuft – kann jeder prophetisch Begabte sich seinen Reim machen. Er geht schon auf Nummer sicher; wie ja überhaupt dem Marxismus, auch und gerade dem prophetischen, dieses gewisse spießbürgerliche Sicherheitsstreben eignet.

Um wieviel kühner Grillparzer! Er hat für seine Voraussicht einer übernächsten Welt der Schönheit und Grünheit (am stärksten in »Libussa«) keine solidere Begründung als seinen Grant, daß nämlich, was er da voraussieht, gar nicht kommen *kann.* Denn die Zeiten, seine Zeiten, die sind nicht so.

Jetzt aber sind sie so: ökologisch, aber immer noch grauslich industriell; grauslich industriell, aber auch schon ein ganz bißchen ökologisch. Unentschieden, halb doppelseelig, grillparzerisch.

Ah, das sollte der Grantscherm Grillparzer noch erlebt haben! Sein Ideal von Welt mußte er, als intelligenter Zeitgenosse, für Illusion halten, zu der kein geschichtsmöglicher Weg führt. Jetzt

aber hat die Grillparzer-Welt nicht mehr *keinen* Ort, sondern nur *noch* keinen Ort: Ein historischer Weg, eine ökonomische und politische Chance *könnte* hinführen.
Grillparzers Illusion ist avanciert zur Utopie. Die Welt wird grillparzerisiert. Wenn einer so recht kriegt, braucht man ihn nicht auch noch zu feiern. Zum 200. Geburtstag des größten österreichischen Dichters fiel der Nation nichts ein zu ihm, mir aber wenigstens, daß er recht hat.

Grillparzerisierungen 2

Wie alle großen Menschen war er ein schlechter Mensch. Zur Größe – also fürs dauerhafte Interesse der Mit- und Nachwelt – reicht nicht die vom Guten ausströmende Fadesse. Es muß der Teufel mit von der Partie sein, Kälte, Bosheit, Selbstliebe, Selbsthaß, Schwermut, Seelenspaltung. Der Österreicher hat mindestens zwölf Seelen, zählte Hermann Bahr. Grillparzer hatte dreizehn. Er war »Österreichs größter repräsentativer Dichter«, schlug Hofmannsthal vor. Er bleibt ein Geheimtip, Gott sei Dank.

Wenn er, dieser Österreicher, den Mädchen das Herz brach, und es starben welche dran, brach auch ihm das Herz und starb auch er, aber immer nur fast, dieser Österreicher.

»Ich ärgerte mich über meine Gefühlslosigkeit«, steht in Grillparzers Aufzeichnungen betreffend den Tod der schönen Marie von Piquot, die ihn unsterblich liebte und daran jung starb, »und ging in die Kirche, um mich auf die Probe zu stellen, wie weit das ginge. Der Leichenzug kam, die Bahre mit dem Jungfrauenkranz geziert ... ward aber keiner Träne Meister, und war froh, als ich wieder gehen konnte.«

Immerhin dichtete er die Grabinschrift: »Jung ging sie aus der Welt; zwar ohne Genuß, dafür aber ohne Reue.«

Na, ist das kein Gefühlsakrobat! Er beneidet sie auch noch, der österreichische Genußmensch. Denn ohne Genuß, dafür aber ohne Reue – welch Genuß!

Grillparzers Einsamkeit begnügte sich nicht mit dem Alleinsein. Der Genußmensch will einsam sein, indem ein Leidensmensch ihm eins ist. »Zu zweien kann ich nicht leben«, notiert er.

Aus zwei eins – draus wird aber auch nichts. »Das Mädchen«, streitet er mit seiner Auserseheenen Katharina Fröhlich, »ist durch Liebe und Achtung lenksam bis zur Willenlosigkeit, aber gleich auf gleich die größte Rechthaberin der Welt.«

Draus folgt ein Bauchaufschwung der Wiener Seele aus der faden Einsamkeit – über die unbequeme, folglich scheitern gelassene Zweisamkeit – zur Rückkehr in die, jetzt aber durch Ausprobieren der Alternative genußreich gewordene Einsamkeit. Die Galeere des Gefühls strandet am österreichischen Ufer der Ruh', wo ewig sich der Bratspieß des Alleinseins dreht.

So wurde er 82; seine ganz große Liebe, vorsichts- und genusseshalber nie konsumiert, Ka-

thi Fröhlich, überlebte ihn; sie wurde 79. Das Unglück scheint beiden gutgetan zu haben. Weil es vielleicht gar keins war und weil das Glück vielleicht gar nicht so gesund ist, wie immer behauptet wird. Glückspilze sind kurzlebig.
Das Unglück ist eine furchtbare Überlebenswaffe, mit einem Waffenschein, ausgestellt, wie es scheint, direkt vom lieben Gott.
Die unglücklichsten Langlebigsten sind die österreichischen Beamten. Der Stillstand ist ihre gesündeste Fortbewegungsweise. »Zudem gibt's Lagen, wo ein Schritt voraus/Und einer rückwärts gleicherweis' verderblich/Da hält man sich denn ruhig und erwartet ...«
Grillparzer läßt dies den Bürokratenkaiser Rudolf II. sagen, seinen Doppelgänger. Es war nämlich, behauptete Ludwig Speidel, Grillparzer »ein verwunschener habsburgischer Prinz, der bei Tag zum Archivdirektor verdammt sei«.
Diesen Beamtendichter Grillparzer läßt liebevoll sein Biograph Ferdinand Kürnberger reden wie folgt:
»Herr, schicke einen andern! Ich fürchte mich. Ich liebe den Frieden, ich will meine Ruhe ... Wer bin ich, daß ich mit den Großen der Erde anbinden dürfte? Ein kleines, niedriges Bürgerkind, abhängig von Freunden und Gönnern, in grauenvollen Familienverhältnissen, welche der Nachsicht des Staates, vielleicht sogar der Gerichte bedürfen, wie sollte ich mich unterstehen,

zu rebellieren? Eh' ich dem Pharao nur einen Mops töte, hat es mir schon und meinen Nächsten das ganze Glück des Lebens gekostet. Laß mich lieber Pharaos Hofrat werden!«
Das wurde er. »Grillparzer packte seine großen Fähigkeiten und starken Leidenschaften zusammen, sperrte sie in eine Schublade und steckte den Schlüssel zu sich«, meldet Kürnberger weiter.
Österreich und Grillparzer stimmen überein: Es gibt nichts Größeres als die Liebe, außer die Ruh'. Das goldene Wienerherz ist aus rostfreiem Stahl. Die Wiener Gemütlichkeit ist grausam. Der Wiener ist böse, unchristlich und überhaupt ein Gemütsmensch. Mit Recht nennt sich Grillparzer in seinen Tagebüchern den »vollkommensten Geistes- und Gemütsegoisten«.
Grillparzer ist der Spießer zum Quadrat. Ist die Moral nicht dienlich der Ruh', dann eben die Unmoral; führt ideale Liebe oder praktische Ehe oder Askese in Einsamkeit nicht zum Ziel der Gemütlichkeit, dann eben die unbürgerliche Wohngemeinschaft, die Kommune minus Sex. Grillparzer ist alter Kommunarde; von seinem 59. Lebensjahr bis zum Tode im 82. lebt er mit vier Frauen zusammen, in jener Intensität, deren Endprodukt nicht vergänglicher Sinnenkitzel ist, sondern die sublime, schon ans Ewige angenehm anstreifende Ruh'.
Die *ménage à six* in der Spiegelgasse – in einem

behäbigen Bürgerhaus der Wiener Innenstadt – besteht aus vier Schwestern Fröhlich, Anna, Barbara, Josefine, ferner Kathi, die ewig Verlobte, plus ihrer aller gemeinsamen Haushälterin Kirsch, plus »Anlaß zu Spekulationen ... auch durch das Verhältnis des Dichters zu seinem Mündel Wilhelm Bogner ... Er erteilte ihm Unterricht und widmete ihm eine väterliche, sogar mißdeutete Zärtlichkeit« (fühlen sich mutzumaßen veranlaßt die Grillparzer-Biographen Dagmar Lorenz, 1986, und schon Ludwig Frankl, 1883).

Die stille Spiegelgasse ist heute noch besuchenswert, desgleichen im »Matschakerhof« das Wirtshaus, noch an der gleichen Stelle, wo Grillparzer saß, wenn es ihm zu eng wurde in der vielzimmrigen Beziehungskiste, in welcher er vor die Verbindungstür zu Kathi Fröhlich einen Kasten rückte, so daß Verkehr nur über den Gang möglich war.

Die finsteren Räume in der Spiegelgasse, innerstädtisch sonnengeschützt, bei vorwiegend unfreundlicher Witterung – »Wien ist wie ein Arschloch«, scherzte der koprophile Nestroy, »entweder is windig oder is dreckig«. Beheizbar mit Buchenholz in dunkelgrünen Kachelöfen und durchzogen vom dezenten Duft nach altersbekömmlicher Rindssuppe mit Nudeln und Stückchen sowohl von Rindfleisch wie von Huhn. Oh, breite Spielwiese der Schwermut.

Nicht der bloß egoistischen, die das eigene Schicksal beklagt, sondern der »sympathetischen Schwermut« im Sinne Kierkegaards: Mit dem eigenen verknüpft man das Leiden der anderen, der Menschheit überhaupt. Erst diese hinterfotzig humanistische Höchstform der Schwermut ist ausreichend für den eigenen Ruhegenuß.

Zu Freunden, vor dem Affenkäfig im Schönbrunner Tiergarten, soll Grillparzer gesagt haben, als diese das artistische Können der Affen bewunderten: *»Wer schafft's ihnen?«*

Das ist die Inhaltsangabe aller seiner Dramen.

»Was ist der Erde Glück – Ein Schatten.
Was ist der Erde Ruhm – Ein Traum.«

Schlußverse seiner Trilogie vom »Goldenen Vlies« – in der es wild zugeht, Abenteuer, Krieg, Raub, Liebe, Haß, Rache, jedoch mit obiger Mündung in die Ruh'.

Grillparzer ist Programmdichter. Er weiß den Weg; die Liebe, die nicht an ihr Ziel gelangt; die Tätigkeit, die sich selbst durchkreuzt; die Macht, die krabbelt und saftelt und abrutscht ins Garnix – und er weiß das Ziel:

»Eines nur ist Glück hienieden,
Eins: des Innern stiller Frieden
Und die schuldbefreite Brust!
Und die Größe ist gefährlich,
Und der Ruhm ein leeres Spiel;
Was er gibt, sind nicht'ge Schatten,
Was er nimmt, es ist soviel!«

Grillparzer ist Buddhist, aber auf dem Kopf ruhend. Nicht das Leben ist Traum, sondern »Der Traum, ein Leben« (aus diesem schönsten Grillparzer-Stück sind obige Verse).

Ist das Leben nur Traum, wäre dem Wiener der Genuß, an dem er so hängt – Sinnenfreude, gewürzt mit Schwermut –, vermiest, dem bodenständigen Realismus der Boden entzogen. Wenn das Leben ein Traum ist, ist der Genießer ein Dummkopf, der sich hineinlegen hat lassen. Aber oh, wenn der Traum ein Leben ist! – Dann hat der Genießer ein reales Reich, in dem er unbetrügbar König sein kann.

Der Traum ist dann also Realität, aber eben doch nur Spiel; alle Dramatik ist traumwilde Komödie.

Und es gibt einen Namen für dieses Traum-ein-Leben-Reich: Österreich – und Traumspieler, Traumtänzer, Traumdeuter, die dort und nur dort zu Hause sind: Hofmannsthal, Schnitzler, Freud, Musil, Roth und was weiß ich, wer noch alles die künftigen Verwandten Grillparzers sind.

Dieses Reich, in dem nicht die Macht herrscht, sondern der »stille Kaiser« (so nannte Grillparzer seinen Lieblingskaiser, Rudolf II., der in der Prager Burg regiert durch Nichtregieren, dadurch Glück erzeugt oder doch Unglück verzögert) – dieses Reich ist sowohl real fortlebend, nämlich als Traum vom alten Österreich, wie auch zum Untergang bestimmt und tatsächlich untergegangen.

Wie auch zur Auferstehung bestimmt, indem – »Der Traum, ein Leben« – die Welt Österreich wird und Österreich die Welt. Ein Traum, der die große österreichische Literatur durchgeistert, von Grillparzer bis Musil (»ein Größer-Österreich … ein Welt-Österreich!«) und Jörg Mauthe (»Die Verösterreicherung der Welt«).

Klar, daß dieser österreichische Traum bei Grillparzer von einer Böhmin geträumt wird:

Erst kommt die falsche, die industrielle, danach aber die richtige, die idyllische Zeit – weissagt Grillparzers Urslawin Libussa:

»Die Liebe, die nicht das Bedürfnis liebt,
Die selbst Bedürfnis ist, holdselge Liebe;
Im Drang der Kraft Bewußtsein eigner Ohnmacht;
Begeisterung, schon durch sich selbst verbürgt,
Die wahr ist, weil es wahr ist, daß ich fühle.
Dann kommt die Zeit, die jetzt vorübergeht,
Die Zeit der Seher wieder und Begabten …
Die Götter wohnen wieder in der Brust
Und Demut heißt ihr Oberer und Einer.«

»Königreich Gottes in Böhmen« nennt Heinz Politzer, grillparzerischester Grillparzer-Biograph, Libussas Vision. In Böhmen haben die Österreicher immer schon das Königreich des Wohllebens vermutet.

»Gefühl / Verstand / Rückkehr zum Gefühl« – notiert Grillparzer als Ablaufmodell seiner »Libussa« und der Weltgeschichte.

»Und Demut heißt ihr Oberer und Einer.« Grillparzer, der Stolze, der sich in seiner Selbstbiographie gleich hinter Goethe und Schiller als Drittgrößter der deutschsprachigen Literatur reiht, hat mit der *Demut* seine Probleme gehabt. In den »Libussa«-Entwürfen findet sich statt dessen: »Ahnung, Seelenfrieden, Selbstbeschränkung, Unterwerfung, Wohltun, Mitgefühl.« – Das ist alles nicht unpassend, und er hat es doch wieder durchgestrichen.

Die *»Demut«* – christliche Vokabel, gewählt von einem, der sich sowohl aufgeklärt wie konservativ nennt, sowohl »nicht im mindesten religiös« wie »ein katholischer Dichter« – ist für den Zweigeteilten eindeutig die Signatur des Zeitalters nach Zusammenbruch des industriellen Größenwahns. Grillparzer predigt den Niedergang auf die Knie der Gemütlichkeit.

Franz Werfel, Kind im Weltraum

»Meine Schwierigkeit«, notiert Robert Musil, bitter, mittellos, fern vom frühen Ruhm seines Kollegen Franz Werfel, 1930: »Was habe gerade ich in einer Welt zu bestellen, in der ein Werfel Ausleger findet.«
Jetzt könnte Musil beruhigt sein. *Er* findet Ausleger noch und noch, Werfel keine mehr. Musil ist hochgerühmt als Vater der Moderne, Großvater Österreichs – Werfel ist versunken, wer war er? War er?
Die einzigen, die ihn nie vergessen werden, sind die Armenier. Ihnen schrieb er den Roman »Die vierzig Tage des Musa Dagh«. Er schildert den Völkermord der Türken an den Armeniern, 1915/16, im Schatten des Ersten Weltkrieges und von niemand gehindert. Zumindest eine Million Menschen wurden umgebracht. Das Buch erschien passenderweise 1933 und wurde von den Nazis verboten – der Armeniermord war der vorausliegende Schatten des Judenmordes.
Zum Grabe Werfels auf den Wiener Zentral-

friedhof pilgern aber heute noch alljährlich Armenier. Welchem Autor passiert das schon?

Von den Armeniern abgesehen, siegten in der Nachwelt Musil und Karl Kraus und alle, die Werfel schon zu Lebzeiten nicht schmecken konnten, als aufgeregten Vielschreiber. Hat er nicht einen Bestseller nach dem anderen produziert, also ein mittleres Talent.

Aus Prag im Abendglanz des Habsburgerreiches, genauer: aus der deutschjüdischen Insel im tschechischen Prag, verspottet von Karl Kraus, als »Prag, wo sie besonders begabt sind und wo jeder, der mit einem aufgewachsen ist, welcher dichtet, auch dichtet, und der Werfel alle befruchtet, so daß sich dort die Lyriker vermehren wie die Bisamratten«.

Kraus 1919 (Fackel Nr. 398). No schlecht? Heute vermehren sich weder die Lyriker noch gar die Bisamratten so richtig, damals hingegen – der Katalog der Prager Genies ist lang. Egon Erwin Kisch hat die Hauptgrößen, zu deren und zum eigenen Ruhm, zusammengefaßt in der Verszeile: »Es brodelt und werfelt und kafkat und kischt.«

Schon mit 21 ist Werfel im ganzen deutschen Sprachraum berühmt – durch einen einzigen schmalen Gedichtband, »Der Weltfreund«, der rasch auf eine Auflage von zehntausend klettert. So was war damals möglich.

Von da ab verstrickt er sich lustvoll ins deutsche

Kulturgetriebe. Und wie es sich für einen Dichter gehört: leidend an Krieg, Tyrannei und zugehörigen Zeitläuften schreibt er verwirrt und unbeirrt lebenslänglich weiter. Gedichte; Dramen; aber zu Schwerpunkt und Weltruhm geraten die großen Romane – »Verdi« (1924), »Die vierzig Tage des Musa Dagh« (1933), »Das Lied von Bernadette« (1941), »Stern der Ungeborenen« (1945).
Vielleicht ist seine Lyrik – milde und wilde expressionistische Gedichte, so fing er an – heute nur noch seltsam, aber das Urteil einer gedichtlosen Zeit wiegt leicht.
Und seine Dramen – nichts für Peymann, sondern altes Burgtheater.
Aber Werfels Romane. Wem fad ist im Leben, ist zu raten, sie zu lesen, einen hinter dem anderen, und er hat was gehabt von seinen Tagen und Nächten.
Halbvergessene Dichter sind im Vorteil beim unverschmockten Leser. Auf dem verrückten Büchermarkt – wie die anderen Märkte mit nichts beschäftigt als dem jährlichen Wachstum des Zuvielen – geht es dem suchenden Leser wie im Fremdenverkehr. Ärgerlich wünscht er sich ein ganz besonderes Plätzchen fern vom Trubel.
Von der luftigen Aussicht seiner Werfel-Lektüre blickt er dann vergleichend auf das Neuerscheinungsgewimmel und gelangt zu einem Urteil, wie es Weinheber in klassischem Wienerisch formuliert hat:

»Was brauch' ma denn dös alles, net?
Is eh g'nua da!«

Was man alles nicht braucht, im Besitz von Werfel, ist die Gesamtsumme von Arroganz, mit der die gegenwärtige literarische Betriebsamkeit sich hinwegsetzt über die Grundbedürfnisse des Lesers: sein Recht auf Spannung und Gefühl. – Werfel anerkennt und befriedigt es ohne Skrupel.

Und was eh' genug da ist, ist ein literarischer Gold- und Devisenschatz, der durch ständige Aufblähung des Papierumlaufs entwertet wird. Zweimal jährlich donnern die Bücherlawinen, man braucht sichere Höhen und schlichte Täler. – Bei Werfel ist man dort wie da zu Hause, immer schön abwechselnd.

Schlichte Täler: Er, der so gerne Opernarien schmetterte und auch die Stimme dazu hatte, klein und dick wie er war – er liebte Verdi, Wagner haßte er –, läßt geheimnisvoll seinen Liebling sagen, am Ende des Verdi-Romans:

»Hören Sie, Boito, ich bin dahintergekommen, was der wahre Dämon, das eigentliche Geheimnis aller Kunst ist.«

Und auf die Nachfrage des Angesprochenen:

»Das Geheimnis der Kunst ist die Langeweile.«

Das vom Meister der Spannung und des Gefühls! Aber die sicheren Höhen, auf denen Werfel so gerne wandelt, haben die letztliche Langeweile in sich, weil sie gar so sicher sind. Denn Werfel, zu seiner Zeit expressionistischer Neuerer, ist altmodisch in der Gewißheit, daß die Welt einen Sinn hat.

»Der Wahnsinn ist die vollkommenste Aberkennung dieses Sinnes«, dekretiert er in seinem Roman vom Mädchen Bernadette, das in Lourdes die Muttergottes sah. »Das Psychopathische steht seit eh und je in tiefem Zusammenhang mit dem Diabolischen. Der Glaube an das Göttliche ist nichts anderes als die wesensüberzeugte Anerkennung, daß die Welt einen Sinn habe, das heißt, eine geistige Welt sei.«

Nach zwei Weltkriegen und Faschismus, der ihn fast ereilt und gänzlich entwurzelt – dieser Wunderglaube, dieser Kinderglaube!

Werfel, fand Kafka, »ist ein Wunder«. Alma, Werfels Frau, fand, er sei ein ewiges Kind, »mein Mannkind«. Kinder sind immer Wunder, lebenslängliche Kinder natürlich erst recht.

Franz Werfel war ein religiöses Kind. Zwischen mindestens drei Religionen konnte er sich nie entscheiden und vermischte sie daher: jüdisch, katholisch und Mutterreligion.

Mancherlei Jüdisches fand er wunderbar – lebenslang blieb seine Kinderhand in der des Vaters, welcher ihn an hohen Festtagen in Prag, wo er geboren und beschnitten wurde, in die Maiselsynagoge führte. Wo soviel Kerzen brennen, muß Gott sein.

Als Erwachsener hat Werfel eine Synagoge kaum je betreten.
Katholisches fand er wunderbarer – lebenslang kniete er neben seiner Amme Babi, Barbara Šimunkova, im Weihrauchnebel der Prager St.-Heinrichs-Kirche, wo er um sechs Uhr früh mit ihr die Sonntagsmesse hörte.
Die Mutterreligion aber, die Verehrung der spendenden Brüste und bergenden Schöße, Babi (seine Amme), Almtschi (Alma, seine Frau) und natürlich Maria, die ihn, als er in Lourdes zu ihr betete, vor den Nazis rettete und der er, sein Gelübde erfüllend, den Bestseller »Das Lied von Bernadette« schrieb – hier ist, glaub' ich, Werfels tiefste Wurzel.
Klar, wer lebenslang Kind ist, liebt lebenslang Mütter.
Mit Recht meinte Karl Kraus, und meinte es böse, Werfel sei *»Kindheitsvirtuose«*. Es sei »dessen eigenste lyrische Note … daß er das Kindheitserlebnis … über die angemessene Altersgrenze hätschelt«. Wenn Kraus »im Aufschwung des Dichters aus dem Kinderpark in den Kosmos« nichts weiter sieht als eben »Kinderei« – so ist das ein Problem des Erwachsenen Karl Kraus und nicht des Kindes Franz Werfel. Denn aus dem Kinderpark per Rakete in den Kosmos – kann's Schöneres geben?
Kinderfromme Verse des jungen Werfel wie »Des Menschen Bett« (1911, 21jährig):

»Mein Bett, du ankerloses Schiff
In aller Nächte Ozean,
Du süßer Friedensinbegriff
Hinschwebend ungeahnte Bahn …
Der Weg zu Gott ist nicht so weit –
Mein Bett, du Fahrzeug großer Fahrt,
Sei tausendmal gebenedeit!«

– findet sogar Kraus schön, in Tagen, als er Werfel noch nicht haßt, und gibt ihm für den frühen Gedichtband »Der Weltfreund« (1911) die Zensur:

»In wessen Liebe die Welt so liebenswert wird, der schafft dem Weltfeind eine frohe Stunde.«

So kann man, aufs bescheidenste und tiefste gebracht, Werfels ganze Wirkung auf unverkrampfte Leser beschreiben.

Vor allem in Sachen Religion war Werfel unerbittlich kindlich. Sie war ihm das Reich der Wirklichkeit, wie für Kinder, und nicht das Reich der Einbildung, wie für Erwachsene. Max Reinhardts Sohn Gottfried erzählt, wie Werfel und Thomas Mann in den Vierzigerjahren in Los Angeles, knapp vor Werfels Tod, stritten:

»Mann sagte, er verstehe nicht, wieso Werfel in dem Buch behaupte, Bernadette habe die Mutter Gottes *gesehen.* Warum er nicht gesagt habe, Bernadette Soubirous hat sich *eingebildet,* die Jungfrau zu sehen?! … Darauf Werfel: ›Weil sie sie gesehen hat!‹ Das regte Thomas Mann derartig auf! In seiner spröden, norddeutschen, puritanischen Art, daß also ein Mensch die Chuzpe haben kann zu behaupten, sie habe sie gesehen ... Und Werfel blieb da eisern ... Es war ein köstlicher Nachmittag ...«

Thomas Mann wußte schon, warum er sich derartig aufregte. Werfel hatte, was Mann nicht hatte: die Chuzpe des Kindkünstlers. »Es ist doch sehr auffällig« – steht in Werfels schönstem Roman »Barbara oder die Frömmigkeit« (1929) –, »daß kein Wesen auf der Welt eine genialere Auffassung hat als ein Kind zwischen dem ersten und dritten Lebensjahr ...«

Das sind die Sätze, die Thomas Mann so ärgern mußten. Hingesetzt und hingeschrieben – dekretiert: So ist es!

Ein Kind mit soviel Chuzpe kann mit allem was anfangen und begabt, wie es ist, aus allem Kunst produzieren. »Und da hat dann der böse Blick von Karl Kraus letztlich doch richtig gesehen: Zwar war das Schreiben für Werfel eine Notwendigkeit, ein Ausdruckszwang; was er aber schrieb, die *Aussage,* war völlig austauschbar.« –

Der Satz, vom deutschen Germanisten Hans Mayer, spricht nicht gegen Werfel, sondern gegen Mayer. Was für den Ideologen ein Ärgernis ist, für den Künstler ist es das Eintauchen in den Lebensstrom; wohin er auch fließt, seiner kindlichen Neugier ist er würdig.

Nicht selektiv, nach Denknorm eines Ideologielagers, sondern peinlich promiskuös paart sich der Künstler mit der Wirklichkeit und macht ihr Kinder namens Kunst.

November 1918 steht Werfel, 28jährig, am Schottentor in der Wiener Innenstadt, schwenkt seinen Künstlerhut und weist die ihn umringende Menschenmenge auf den gegenüberliegenden »Bankverein«, die größte Bank der soeben versterbenden Monarchie. Das Proletariat, ruft er, werde sich lawinengleich auf seine Ausbeuter stürzen: »Dann werden wir auch diese Geldpaläste besitzen!«

Christ, Jude, Mütteranbeter kann ihm nicht genügen – er ist zur rechten Zeit auch links, Marxist, Kommunist, Anarchist. Wer's ihm verargen will, versteht nichts. Sein Leben ist eine Oper.

Die von seiner Frau Alma umgeschrieben wird. »Vielleicht war das gar nicht so gut für ihn, daß er unter Mammis Einfluß kam«, sagt Anna, Almas Tochter aus erster Ehe mit Gustav Mahler, zum Werfel-Biographen Peter Jungk. »Sie hat ihn zweifellos zum Romancier gemacht. Er wäre ohne sie ziemlich sicher ein Lyriker und Bohemien geblieben, sein Leben lang. Und auch ans Geldverdienen hätte er von sich aus wahrscheinlich kaum gedacht.«

Werfel selber meinte: »Wenn ich der Alma nicht begegnet wär', hätt' ich noch ein paar gute Gedichte geschrieben und wär' selig verkommen ...«

Selig wurde er so auch, dann eben durch seine

Almtschi und den von ihr herbeiorganisierten Weltruhm und Geldstrom. »Seht ihn an«, giftete Freund und Kritiker Anton Kuh über ihn – »ausgefressen vor Berühmtheit. Er nimmt von jedem Essay, der über ihn erscheint, um ein Kilo zu.«

Es war eine Zeit – die alte österreichische Monarchie tot, die neue Republik schwerkrank –, in der die Gebildeten noch viele unnütze Dinge wußten, etwa, daß Caesar, auf Rom marschierend und den Grenzfluß Rubicon überschreitend, gesagt haben soll: »Alea iacta est« – *»Der Würfel ist gefallen.«*

Wie ein Kind freute sich Werfel, als ein Kritiker schrieb, nach erfolgreicher Premiere eines seiner heute verschollenen Stücke: *»Der Werfel hat gefallen.«*

Ich frage mich: Warum den Werfel wieder hervorholen aus dem Feld, auf dem er gefallen ist, nämlich in Vergessenheit. Ich weiß mir nur den einen Grund, nämlich: Daß Werfel selber ein Roman ist, ein Drama, ein Gedicht – jedenfalls das, wovon wir heute so wenig haben und soviel bräuchten.

Die Bedeutung des verstorbenen Dichters für unsere Zeit – das ist Fachsimpelei. Ein Kindmensch, der lebte, stieg und stürzte – das ist Stoff, aus dem unsere Träume sind beziehungsweise sein sollten, wenn wir noch träumten.

Der Alptraum seines Sturzes: »Wie peinlich sind die Größen doch von gestern«, skandiert der junge Werfel in seinem Faust-Drama »Der Spiegelmensch« (1920, dreißigjährig). Als sein Roman »Die vierzig Tage des Musa Dagh« in Hitlerdeutschland verboten wird (1934, er ist 44) – stürzt er tatsächlich: Er sei nun, schreibt er aus Italien an seine Schwiegermutter, »in den sogenannten besten Jahren nach pausenloser Arbeit auf den Ruinen meiner selbst ... In Deutschland werde ich aus dem Buch und aus den Büchern der Lebendigen gestrichen, und da ich doch schließlich ein deutscher Autor bin, hänge ich im leeren Weltraum.«

Aus Österreich setzen sich die Werfels rechtzeitig ab, leben in Italien und Frankreich, dort geraten sie, als 1940 die Hitlerarmee einzieht, in allerhand Elend und Lebensgefahr. In den USA angelangt, geht es ihnen – abgesichert durch Bestseller-Einkünfte – sehr viel besser als den meisten Emigranten.

Sehr viel besser, außer in der Seele.

Franz Werfels Bücher waren von den Nazis in Deutschland verbrannt worden. Zuvor hatte er, um seine Mitgliedschaft bei der Preußischen Akademie für Dichtkunst zu retten, eine Loyalitätserklärung gegenüber den neuen Machthabern abgegeben und um Aufnahme in den neuen Reichsverband deutscher Schriftsteller angesucht.

Was er sich dabei dachte, nennt sein Biograph Peter Jungk »unbegreiflich«. Aber Jungk berich-

tet auch von moderater Sympathie Werfels für den vergleichsweise milderen Faschismus Mussolinis, »wohl unter Almas Einfluß«. Diese, die ihren jüdischen Mann so liebte, war außerdem Antisemitin und, nochmals außerdem, die Freundin der jüdischen Freundin Mussolinis, Margherita Sarfatti (Alma, 191 f.).
Alma starb 1964 an Zuckerkrankheit, die sie nicht behandeln ließ, denn Diabetes sei »eine jüdische Krankheit«, die sie als »Arierin« gar nicht haben könne.
In Breslau, wo Werfel 1932 einen Vortrag hielt, beobachteten Alma und er in der Hotelhalle den auf Propagandareise befindlichen Hitler. Als Werfel von Alma gefragt wird, »wie Adolf Hitler ihm gefallen habe, entgegnete er: Leider nicht so schlecht« – erzählt Jungk.
Auch andere Große versuchten mit den Nazis ihren Frieden zu machen (Gerhart Hauptmann, Gottfried Benn, die Liste ist länger).
Werfel und die anderen bedürfen keiner billigen Verteidigung: Natürlich hätten sie's nicht ernst gemeint; wollten nur Werk und Existenz retten – das ist keine Verteidigung, sondern Anklage.
Der Opportunismus, der uns beim Künstler bekümmert, entspringt tieferen Schichten seines Künstlertums: Hereinbrechendem Neuen begegnet er mit unsittlicher Neugier und Faszination für das Fatale im Wortsinn: das Todbringende.
»Faschisten, liebes Kind« – schreibt Werfel in sei-

nem letzten Roman »Stern der Ungeborenen«, vollendet wenige Tage vor seinem Tod am 26. August 1945 –, »das waren Parteimänner, welche die *alte* Weltordnung dadurch zerstörten, daß sie sie verteidigten: Aber lassen wir diese vermoderten Narreteien. Schließlich zerstörten auch die Antifaschisten ihre *neue* Weltordnung dadurch, daß sie sie errichteten.«

Werfel hält sich eisern an die unvermoderten Narreteien, seine eigenen. »Ich glaube«, schreibt er 1930, »ich würde mich in jener Sphäre am wohlsten fühlen, die der Zeit des Urchristentums am nächsten kommt. Damals war jüdisches und katholisches Ethos in *einer* wundervollen Idee vereinigt.«

Eine Woche vor Werfels Tod saß eine Eule bei Tag und Nacht auf einem Baum vor dem Fenster seines Zimmers in seinem Haus in Santa Barbara, Kalifornien: Einige Tage später kam sein Nachbar, der Dirigent Bruno Walter, und spielte am Klavier eine Arie aus Smetanas »Verkaufter Braut«. Werfel sang und tanzte. Tags drauf, an seinem Schreibtisch sitzend und ein Gedicht aus dem Jahr 1938 redigierend für eine Neuausgabe, starb er.

Dreißig Jahre nach seinem Tod, 1975, gemäß einer testamentarischen Anordnung seiner Frau, sie liegt in Wien auf dem Grinzinger Friedhof – grub ein Hollywooder Bestattungsunternehmen Werfels Knochen aus dem dortigen Friedhof und

sandte sie per Luftpost nach Wien, mit der Aufschrift »Please handle carefully«. Adresse: Österreichische Gesellschaft für Literatur, Wien I., Innere Stadt, Herrengasse.
Diese, als die Knochen in ihrem Stadtbüro ankamen, leitete sie weiter in ein Ehrengrab auf dem Zentralfriedhof.

Gamsbart
am
Abgrund

Der singende Drache

Teitelbaum genügt nicht

Spaziergang neben dem Nichts

***Jeder Mensch
ein moderner Dichter***

Der singende Drache

Gemeinhin hat der Gamsbart die Form eines Rasierpinsels. Nur in Alt-Aussee ist er kreisrund. An den Wänden hingen Fotos und Autographen vom »mutmaßlich letzten deutsch-jüdischen Schriftsteller«, so nannte sich Friedrich Torberg selber, insbesondere hingen Dokumente betreffend seine dreijährige Flucht quer durch Europa und schließliche Rettung aus NS-Todesgefahr.

Die Gamsbärte aber waren kreisrund, und die Trachtenmusik aus Alt-Aussee spielte Weisen, wie der deutsch-jüdische Schriftsteller Torberg sie liebte und vor ihm schon der Erzherzog Johann, der dazu mit Sennerinnen tanzte. Auf steirischen Almen hatte er 136 uneheliche Kinder, behauptete vor Jahren ein Dissertant der Universität Graz, der deswegen bis heute nicht mit der Doktorwürde der Universität Graz bekleidet wurde.

Obgleich er nachweisen konnte, daß der demokratisch gesinnte Erzherzog zu seinen ehelichen Söhnen zu sagen pflegte: »Grüßt immer alle Kinder auf dem Lande, es könnten eure Brüder sein.«

Ich aber sagte, geübt widerstehend der Hitze, die bei immer verschiedenen Ausstellungseröffnungen von der immer gleichen Kulturprominenz ausgestrahlt wird:

Über Friedrich Torberg mehrmals binnen Jahresfrist zu reden, wie mir's passiert angesichts der grassierenden Torberg-Renaissance – ist, was im heutigen Anglo-Quacksprech eine Tschällentsch heißt.

Torberg, der besser Englisch konnte als mancher Engländer und fast jeder Amerikaner, zitierte im Falle von Tschällentsch gerne den jüdischen Wiener Journalisten Colbert, verschollen im KZ:

»So eine Gelegenheit – wie schon Napoleon vor der Schlacht bei Wagram zu dem ihn begleitenden Marshall Ney zu sagen pflegte – muß man herausnützen!!«

Ich nütze die Gelegenheit der Wiener Torberg-Ausstellung heraus zum Hinweis auf die verlorengegangene Kunst des Briefschreibens, in welcher Torberg der letzte deutsch-jüdische Meister war. Seine Briefe muß man lesen, wenn man wissen will, was Witz ist.

Witz ist mitten im Unglück das Glück, mit der Sprache spielen zu müssen, um ernsthaft bleiben zu können.

»Zürich, 4. 1. 1939. – Liebe Schlamms, nachgerade besonders Du liebe Wilhelmine, aber nicht minder vor allem Du lieber Stefan ...«

Torbergs Adressaten hießen, genau umgekehrt, Wilhelm und Stefanie. Poetischer läßt sich's nicht ausdrücken als durch Vertauschung der Namen, Verweiblichung des männlichen, Vermännlichung des weiblichen, daß diese beiden Leute für ihn eins sind, und zwar in völliger Gleichberechtigung, siehe die einander exakt widersprechenden Vorrang-Signale »nachgerade besonders ... aber nicht minder vor allem«.

»Leschonoh tauwoh schel pessach lekowed chanukkoh w'al essroigim nach mazzoth wünscht und ein donnerndes Hoch bringt aus – das Personal. Dies vorweggenommen, teile ich Euch höfl. mit, daß Ihr es keineswegs mit mir, sondern nur noch mit dem angedeuteten Schatten meines Wracks zu tun habt.«

Der brüske Übergang ins Hebräische, aber nicht in ordentliche Sätze, sondern in eine bloße Aneinanderreihung von Festnamen (zu mehr reichte Torbergs Hebräisch nicht) – poetischer läßt sich die Tiefe des eigenen Pechs nicht ausdrücken als durch diese Auflistung von Glück in Gestalt aller hohen Freudenfeste der Judenheit. So umwegig direkt signalisiert Torberg: *Das* bin ich – nicht das Wrack, gestrandet an diversen Emigrationsufern (Prag, Zürich, Frankreich, Portugal, USA).

Torbergs Briefe widerspiegeln eine sorgfältig gefeilte Spontaneität, so dicht, daß es richtige Gedichte sind, in ihren besten Exemplaren. Welche Perlen da aus dem Nachlaß auftauchten, von David Axmann und Marietta Torberg liebevoll gefischt und in Druck befördert, für welchen Torberg sie von vornherein bestimmt hatte. Er machte von allen Briefen Durchschläge, außer in höchster Not der Emigration. Diesfalls aber wußten die Empfänger, was sich gehört, sie hoben die Briefe auf und überließen sie dann den Editoren.

Aus den Fünfzigerjahren, da Torberg in Wien zusammen mit mir, seinem Zauberlehrling, das FORVM herausgab, erinnere ich mich an die Mischung aus Be- und Verwunderung, mit der seine Sekretärin erzählte, wie er nächtlich diktierend mit seinen Briefen denselben Zeit- und Geistaufwand trieb wie mit seiner journalistischen oder belletristischen Prosa.

Während er's bedachte und wendete, übte die Dame ihre glückliche Gabe des mehrminütigen oder auch viertelstündigen Kurzschlafs über dem Stenogrammblock. »Es waren doch nur Briefe«, klagte sie.

Aber das Briefschreiben ist bei Torberg eine von drei gleichberechtigten Kunstgattungen: Journalismus, Schrift- und Briefstellerei – in einer Zeit, da der Journalismus die Schriftstellerei überwuchert und die Briefstellerei ausstirbt.

Das Telefonieren, den analphabetischen Ersatz

des Briefes, betrieb Torberg übrigens gleichfalls als Kunstwerk, von dem uns die Mitschnitte leider fehlen.

Wenn sich Robert Musil wundert, im »Mann ohne Eigenschaften«, daß die Journalisten immer besser werden und die Schriftsteller immer schlechter, so geht dies an Torberg so völlig vorbei, daß nicht einmal das Gegenteil bei ihm stimmt.

Er war ein so guter Journalist, daß seinen Zeitgenossen zeitweilig außer Sicht geriet, daß er ein noch besserer Schriftsteller war und daß er, weil er ein so guter Schriftsteller war, ein besserer Journalist war als die damaligen Nur-Journalisten.

Sie sind versunken und vergessen. Hingegen vollzieht sich die gegenwärtige Torberg-Renaissance, ohne überflüssigen Lärm, mit der Überzeugungskraft der Stille, genau wegen jener Verknüpfung: Der Dichter Torberg ist die Ursache des Journalisten Torberg wie des Briefschreibers Torberg.

Friedrich Torberg war kein Neutöner. Das ist das Neue an ihm. Das Neue ist heute die Rückkehr dorthin, wo Torberg schon war. Er war kein Stammler vom Nichts, sondern Erzähler von guten Geschichten, kein Sprachzerbrecher, sondern Musterknabe an der Hand der Mutter Sprache und ihres Onkels Karl Kraus.

Das Ergebnis dieser Familienidylle ist ein verblüffend haltbares. Aus der Sprache kommt sein Witz, von der Sprache leben seine Geschichten. Fleisch und Farbe und Unvergeßlichkeit – alles liefert ihm die Sprache. Wer sich ihr hingibt, dem gibt sie sich zurück – doppelt und dreifach.

Das ist das ganze Geheimnis Torbergs und seiner Wiederkunft – ein so simples Geheimnis, daß die wirklich modernen Literatoren, dressiert aufs Erschnüffeln eines jeglichen Konservativen, die Augenbrauen heben und die Nüstern rümpfen.

»Wer niemals«, schleuderte der 26jährige Torberg ihnen entgegen und schleudert immer seither, *»du überaltertes Gerümpel einer bürgerlich-individualistischen Weltanschauung! geschimpft wurde, der weiß wahrscheinlich gar nicht, was er dran hat und wie sehr er dazugehört und sich dazu bekennen soll. Es ist eine vortreffliche Parallele zu ›Jud, Jud, spuck in' Hut‹. Und so will ich's denn hegen und pflegen.«*

Für Torberg, Protektionskind der Sprache, liefern zollfrei gleich mindestens drei Sprachen: Deutsch, Tschechisch, Jiddisch, dazu ein bißchen Hebräisch und noch ein bißchen mehr Englisch.

»Mein teuerer William S., dieses ist zu verwissenschaftlichen Deine sehr kindliche Linien von Juli 13ten, als Du bestehst mir zu schreiben in der englischen Zunge ... so gehe rechts amkopf ...«

So liebenswürdig gemein rügt Torberg seinen

besten Freund, der, glücklich in der US-Emigration angelangt, nur mehr englisch schreibt. Torberg antwortet gleichfalls englisch (»go right ahead«), aber auf deutsch (»gehe rechts amkopf«) – um dann auf tschechisch zu begründen, warum er weiterhin deutsch schreibt:
»... mit dem Dir wohl kaum erinnerlichen, er saß im Café Urban, trank Cognac mit Maggi, nährte sich von Selchgift, d. h. er verlangte bei Chmel ›tři pàrky‹ (drei Würstel) und antwortete auf die Frage der Verkäuferin ›A co k tomu?‹ (und was dazu?) nach kurzem Nachdenken ›deset deka bůcek‹ (zehn Deka Speck), statt Brot oder Senf – um, sagte ich, mit Dr. Schreier zu reden: deitsch fortfahrend ...«
Und weil ihn Mutter Sprache vielzüngig in ihren Armen wiegte, mitten im Elend der Flucht vor den Nazis immer deitsch fortfahrend, begründet er seinen Glauben, aus dem Elend gerettet zu werden, in deutsch, aber auf jüdisch:
»... wo es der Bocher mit eigenen Augen gesehn hat, das Wunder, im finstern Wald, der Wagen konnte nicht vor und nicht zurück, ein dicker Baum stand mitten im Weg, und der Rabbi steigt aus, um den Baum zu verfluchen, und der Fluch gipfelt in der ganz eindeutigen Aufforderung: Baum fall um!! – und da ist das große Wunder geschehn: der Baum ist nicht umgefallen.«
Torbergs Gewißheit der Rettung besteht hartnäkkig auf dem größten aller Wunder, nämlich daß

keines geschieht, sondern das Weiterleben mit dem Baum mitten im Weg.

Was ist die »Tante Jolesch«, das allberühmte Torbergsche Kunststück, den Untergang der Welt in Anekdoten zu schildern, gegen dieses Kunstwerk seiner Briefe, die das eigene Überleben dichten als Witz.

Von Juden sind nicht nur die guten jüdischen Witze, sondern sogar die schlechten arischen: *»Der hier befindliche Hugo Haas«*, schreibt Torberg aus Paris an Schlamm, *»hat einen Vorschlag zur Lösung der Judenfrage ausgearbeitet, und zwar gleich bei der Beschneidung: die Vorhaut behalten und den Juden wegschmeißen.«*

Torberg hat den Juden nicht weggeschmissen. Den verhatschten arischen Nachweis, daß die Juden Menschen sind, weil es unter ihnen viele Nobelpreisträger gibt, hat er verfeinert durch eine Geschichte aus Wien 1938:

»Beim ›Telegraf‹ gab es einen jüdischen Kolporteur, d. h. es gab mehrere, aber dieser eine zeichnete sich dadurch aus, daß er blond und breitschultrig und ein vollendeter Pülcher (Grobian) war. Der traf in bereits entlassenem Zustand einen anderen, nicht jüdischen ... ›Servas!‹ – ›Servas!‹ – ›Hast heut frei?‹ – ›Naa!‹ – ›Wieso gehst dann umanand?‹ – ›I bin do entlassen!‹ – ›Ja warum denn?‹ – ›No weil i a Jud bin!‹ – ›Wos bist?‹ – ›A Jud bin i!‹ – ›Jo ... aber ... des is ja der helle Wahnsinn!‹«

Hier wird der philosemitische Nachweis erbracht, daß Juden nicht nur Menschen sind, weil sie Ärzte, Philosophen und Künstler sind, sondern sogar Zeitungsausträger.
Das Leben der Juden geschieht immer mit dem Baum mitten im Weg, und er geht nicht weg, der verfluchte, und das ist das rettende Wunder, daß er bleibt bis ans Ende der Tage. Ein einziges Mal hat Torberg diesen Witz des jüdischen Lebens mit Todesernst ausgedrückt, im untorbergischesten Roman vom jüdischen Minnesänger »Süßkind von Trimberg«:
»Aus den Schäferwolken hat sich eine dichte Wolke hervorgesondert ... ›Was hast du geglaubt?‹ fragte der Bote ... streng und tröstend zugleich. Süßkind schüttelte den Kopf und deutete nach der Wolke ...: ›Es steht geschrieben, daß eine weiße Wolke kommen wird, um uns ins gelobte Land zu tragen.‹ – ›Uns?‹ fragte der Bote. ›Uns alle?‹ ... ›Ich habe geglaubt, daß zwischen uns und uns kein Unterschied ist. Und überall ein gelobtes Land.‹
›So wird es auch sein‹, sagte der Bote und beugte sich über Süßkind, bis sein breitkrempliger Hut vor der Sonne stand ...
›Wann?‹ fragte Süßkind ...
›Es wird sein‹, sagte der Bote und stand mit einemmal riesig aufgerichtet, ›es wird sein am Ende der Tage‹ ...«
Ich bestehe darauf, daß aus der deutschen Lite-

ratur nichts wird, ehe sie nicht wiederum – solche! – deutsch-jüdische Literatur wird.
Die Welt des deutsch-jüdischen Schriftstellers Friedrich Torberg ist von allen verlorengegangenen Welten die verlorenste – wenn und weil wir sie verlorengeben. Aber warum sollten wir? Ohne Juden ist es nichts mit Deutschland. Wir brauchen diese Wiedervereinigung. Die Arier sind zu unbetamt (ungeschickt).
Torberg war ganz jüdischer Jude, ganz daheim in der deutschen Sprache, daheimer nur noch in der hievon gänzlich verschiedenen österreichischen. Dieses rassereine Mischwesen, Kentaur (jüdischer Mensch und arisches Pferd), Cherub (jüdischer Löwe, deutscher Adler, österreichischer Ochs, literarischer Mensch) – so was brauchen wir wieder, und zahlreich bitte!
Ja, ich weiß, es ist eine Zumutung. Aber die unmöglichsten Wünsche sind die schönsten und dringlichsten – gemäß der von Torberg schüttelgereimten Inhaltsangabe zu Richard Wagners »Siegfried«:
Ich bitte wohnt hier der singende Drache?
Ich hätte für ihn a dringende Sache!
Torberg umzingelte die unmögliche Möglichkeit vierfach:
Erstens, indem er sich *»die jüdische Funktion«* zuschrieb – in einem Brief an Max Brod, 1955 –, *»daß möglichst viele Nichtjuden den Tod des letz-*

ten deutsch-jüdischen Schriftstellers«, nämlich seinen, *»als Verlust empfinden«*. Das gelang ihm.

Zweitens, indem er sein Haupt- und Lebenswerk, den Roman »Süßkind von Trimberg«, über den einzigen deutsch-jüdischen Minnesänger, als *»aktuell«* bezeichnete, »gerade heute und gerade in Deutschland«. Das Historische (13. Jahrhundert) sei für ihn *»nicht mehr als eine Einkleidung«*.

Drittens, indem er definierte – in einem Brief an Fritz Thorn, 1974 –, man müsse nicht *»in Palästina sein«*, sondern *»für Palästina«*. Damals hieß Israel noch Palästina, wie's jetzt halb und halb bald wieder heißen wird.

Er selber, fuhr Torberg fort, wolle lieber dort leben, *»wo sich in knapp 150 Jahren eine der fruchtbarsten und legitimsten Wechselbeziehungen ergeben hat, die auf geistigem, künstlerischem und wissenschaftlichem Gebiet jemals zustande gekommen sind... Was ist damit? Vorbei? Wegen zwölf Jahren Hitler?«*

Deutlicher geht's nicht. Roglert (aktuell) werden wird die Wiedervereinigung der Deutschen und der Juden, sobald sich der schlechte Ruf Israels betreffend Umgang mit den Palästinensern gefestigt haben wird, also jetzt schon.

Bald werden die Träume von Groß-Israel begraben sein durch das Arrangement mit einem Klein-Palästina. Dann wird erst recht gelten, was

immer schon galt: Daß alle Juden der Welt nach Israel weder können noch wollen.
Es wäre schade, wenn alle Energie des unvergleichlichsten Volkes der Weltgeschichte verpuffte in einem National- und Einheitsstaat nach nebbich arischem Muster.
Torberg wäre nicht meiner Meinung. Er röche etwas zu Linkes und zu Rechtes dran. Aber ich stell' mir halt vor, schade wäre es um ihn gewesen als Kibbuznik mit MP oder Jeepfahrer zwischen steineschmeißenden Palästinenserkindern.
Heute glaubt nur der Pessimist an die Zukunft, der Optimist an die Vergangenheit. Ich also meine, wir müssen vorwärts zurück. (Das bißchen Errungenschaften, das, was taugt, nehmen wir mit in Gottes Namen!) Torberg meinte, er sei ein Letzter. Ich leiste mir den Luxus, es ihm nicht zu glauben.
Alles spricht dafür, daß Torberg recht hat. Was schert's mich? Ich glaube an die Wiederkunft der deutsch-jüdischen Symbiose.
Bei so anstrengendem Optimismus verdiene ich jetzt eine Woche Alt-Aussee, das Torberg so liebte. Den nötigen Hut mit kreisrundem Gamsbart habe ich.

Teitelbaum genügt nicht

Der Wiener Bürgermeister Helmut Zilk ist ein Elementar-Ereignis, mit dem keiner fertig wird, auch er nicht. Als er 1986 in New York die große Ausstellung »Wien um 1900« eröffnete, verkündete er dort zu jedermanns Überraschung, auch der seinen, Wien werde demnächst ein jüdisches Museum haben, »eines der wichtigsten und wertvollsten der Welt«. Wien hat es jetzt.

In den seit der Zilkschen Verkündigung abgelaufenen Jahren glaubte außer ihm keiner so recht an eine nachfolgende Realität. Jüdische Museen entstanden in Amsterdam und Frankfurt, eines in Berlin ging in Planung. In Wien aber schien Wien zu siegen – nicht Wien als eine Hauptstadt europäischen Judentums; auch nicht Wien als historische Hauptstadt des Antisemitismus – sondern ein drittes streng unparteiisches Wien: Welthauptstadt zur Verhinderung von Geist wie Ungeist.

Nachdem alle möglichen Standorte und Termine geplatzt, die schon gefundene Museumsdirektorin Danielle Luxembourg frustriert in die Flucht

geschlagen ward – fand sich rätselhaft plötzlich der ideale Ort und der ideale Direktor.
Das Palais Eskeles im Herzen von Wien, gleich beim Graben, war die Residenz einer jüdischen, treu habsburgischen Bankiersfamilie, von der schon die Kaiserin Maria Theresia finanziert und die Österreichische Nationalbank mitbegründet wurde. Hier hielt Cäcilie Freifrau von Eskeles Salon, eine jener emanzipierten Jüdinnen, denen die »arische« Geistesgeschichte soviel verdankt, daß sie ihrer gerne vergißt.
Gewissermaßen Nachfolger der Salondame ist hier jetzt – nach mannigfaltigen Zwischenstufen, die ich willig überspringe – Julius H. Schöps, 51, ein riesengroßer, athletisch und entschlossen wirkender Professor für neuere Geschichte mit dem Schwerpunkt deutsch-jüdische Geschichte an der Universität Potsdam.
Schon sein Vater war deutscher Professor. Die jüdische Familie kam nach Hitler frühestmöglich aus dem schwedischen Exil zurück, da war das Kind sieben, hebräisch lernte es nie.
Als ob Österreich nicht selber gute Judaisten hätte, aber sie ließen sich aus dem Schaumbad akademischer Intrige nicht rasch genug trockenlegen, so kam es zur Blitzberufung des Potsdamer Professors. Hundertzwanzig Tage ist er in Wien, hundertzwanzig Tage im Reich des preußischen Erbfeindes, der Rest sind Ferien. Ein Stück »Anschluß«.

Aber nein, ich stehe fest und treu zu Zilk, der dieses Museum zustande brachte, ein urtümlich nichtjüdischer Judenfreund. Vielleicht wird nichts so sehr bleiben von ihm als dieses Wunderwerk. Er scheiterte zehnmal und siegte beim elftenmal knapp, ehe er die von ihm so geliebte Politbühne demnächst verläßt. Ein ungeschlagener und ziemlich jüngerer Teddy Kollek von Wien. Dieser selber flog aus Jerusalem in seine Geburtsstadt, um gemeinsam mit seinem Spezi Zilk unter rabbinatischer Oberaufsicht die schützende Mesusah-Kapsel an die Türe des Wiener jüdischen Museums zu nageln.

Im Keller eines Altersheimes fanden sich unversehrt, aber in sehr schlechtem Zustand, achtzig Prozent der Schätze des ersten Wiener jüdischen Museums, des ersten der Welt überhaupt, 1896 bis 1938. Was bedeutet es, daß sie ausgerechnet so rechtzeitig auftauchten? Zeugnis ist es jedenfalls, außer von NS-Barbarei, gemildert durch Wiener Schlamperei, auch von bis jetzt fortdauernder Wurschtigkeit gegenüber jüdischen Dingen.

Die Unschätzbarkeit dieses Fundes wird komplettiert durch ebensolche Unschätzbarkeit der Sammlung Max Berger. Dieser, ein Wiener Möbelerzeuger, sammelte alles erst nach 1945, vor allem Tausende Ost-Judaica.

»Ich glaube, daß man nur sammeln kann, wenn man nicht allein Liebe zum Gegenstand, sondern auch eine innige Beziehung und Verbundenheit zu der Stadt hat, in der man lebt.« Das scheint nicht zu reichen, denn der Jude Berger setzt hinzu: »Ich könnte an keinem Ort der Welt so intensiv leben wie in Wien.«

Es wird mehrere Jahre dauern, bis sich das alles ausbreiten läßt im Palais Eskeles, zuzüglich der welteinmaligen Sammlung von fünftausend Stück Antisemitica, gestiftet von Martin Schlaff. Bis dahin überbrückt man mit Wechselausstellungen.

Die Erforschung des jüdischen Wien, so nötig und nützlich sie ist, stößt an eine unüberwindliche Schranke. Keine Wissenschaft kann begreiflich machen, wieso Juden – nach allem, was ihnen von Wienern angetan wurde – so unzertrennbar anhänglich an diese Stadt sind. Auf dem Skalometer: 1 ... Jude; 2 ... Jude in Wien; 3 ... Wiener Jude; 4 ... jüdischer Wiener; 5 ... Wiener – reihen Wien liebende Juden sich unvernünftig weit hinten, nach Betonung von 1, Hals über Kopf gleich zwischen 4 und 5. Als hätte es Hitler nie gegeben.

Hans Weigel, der bedeutende Kunstkritiker, riskierte die Schlußfolgerung: »Daß ich kein Österreicher bin, hat Hitler behauptet; wenn ich nach Hitler weiter behaupte, daß ich kein Österreicher bin, gebe ich ihm recht.«

Friedrich Torberg, Dichter und Kritiker, glaubte an Zusammenleben und Rückkehr, kehrte tatsächlich zurück, mit gerade noch genug Klugheit, seinen US-Paß in der Brusttasche zu behalten. »Daß ich als Jude (nicht *obwohl* Jude – *als*) mich mein Leben lang in Wien zu Hause fühlen konnte, ist mir Beweis genug für die Natürlichkeit dieser Symbiose – aber es gibt noch andere und objektivere Beweise, nicht nur für ihre Natürlichkeit, sondern schlechthin für ihre Notwendigkeit, ja ihre Dringlichkeit.«

Torbergs Kühnheit, geschrieben 1946, könnte als Programm gelten, das sich die Schöpfer und Betreiber des Wiener jüdischen Museums vornehmen.

Daß sie eigentlich kein Museum wollen, teilen sie mit fast allen, die heute Museum machen. Julius Schöps definiert sein Institut »vor allem als Begegnungsort, an dem sich Juden und Nichtjuden ... zum Gedankenaustausch treffen«.

Ein unvergleichliches, nicht sehr weit zurückliegendes Verbrechen wird auffällig ausgespart. Eingangs der Eröffnungsausstellung »Hier hat Teitelbaum gewohnt« sind sechzehn Teitelbaums an der Wand zu lesen. Sie standen im Wiener Telefonbuch vor 1938. Folgt der dezente Hinweis: »Im Telefonbuch 1993 findet sich der Name Teitelbaum nicht.«

Welch strikte Schonung antisemitischer Gefühle, könnte ein böser Mensch ausrufen. Aber hier sind keine bösen Menschen, sie rufen nichts aus, sie sind »Museumsdidaktiker« und haben vollkommen recht.

Wie es ein zu erwartendes junges Publikum sieht – zum ersten Tag der offenen Tür kam es schon reichlich –, bleibt zu erforschen.
Kuratorin Felicitas Heimann-Jelinek hat in einem der 28 Kabinette, in denen hier Teitelbaum wohnt, ein permanent rotierendes »Ringelspiel« installiert, mit Werkstücken und Fotos betreffend den Wiener-Werkstätten-Künstler Powolny: Kaffeetasse mit Kaiserkrone; Sargschmuck für den Austrofaschisten Dollfuß, ermordet von Nazis; Adler mit Hakenkreuz; Gestaltung der Schau »Nie vergessen« 1946. Wie singt Hermann Leopoldi: »Schön ist so ein Ringelspiel, es dreht sich um und kost' net viel.«
Der quirlige Jungarchitekt Martin Kohlbauer hatte die Königsidee, Treppen und Fußboden des Museums mit Wiener Stadtplänen zu überziehen, auf denen die strahlenden historischen Kerne jüdischen Lebens eingezeichnet sind. Ergebnis: Wien bleibt Wien und wird zugleich zur Stadt des Judentums.
Im Dienst der guten Sache scheuen die engagierten Diener dieses Museums vor fast nichts zurück. Während der Beweis für überflüssig gilt, daß auch »Arier« Menschen sind, denn die »Arier« haben nämlich bedeutende Künstler, Wissenschaftler und so weiter hervorgebracht – muß für die Juden dieser blödsinnige Beweis natürlich geführt werden.
Also: Die Juden, höret, liebe »Arier«, haben be-

deutende und so weiter hervorgebracht. Teitelbaum genügt nicht, dies ist die Stadt Sigmund Freuds, Arthur Schnitzlers, dutzendweise haben wir sie, die wienerisch-jüdische Prominenz.

Logischerweise sieht man also zur Eröffnung – nach Durchschreiten der Ausstellung des deutsch-jüdischen Avantgardemalers Heinz Mack: wundervoll farbige Abstracta zu Manfred Hausmanns Interpretationen des Hoheliedes – gleich *zwei* Freud-Ausstellungen:

»Wien IX., Berggasse 19«: Fotografien von Eduard Engelman, entstanden in der Schreckenszeit, da die Nazis schon da waren und Freud noch nicht weg aus der Stadt.

Und »Die Freudianer«: Dramatische Fotos, die Tim Gidal auf dem Internationalen Kongreß für Psychoanalyse machte, Luzern 1934, als heftigst zwischen Freud-Loyalisten und Teuto-Tiefenpsychologen gestritten wurde. Ferner auch noch, als ob das nicht genügte, luxuriöserweise unter den Freudianern selber über den Besitz der wahren Lehre.

Von Josef Hans Speer, jüdischer Schriftsteller und gebürtiger Wiener, gibt es eine Erzählung »Die Reise«. Da bekommt einer, der am nächsten Tag zurückkehren will aus der Emigration in sein Wien, in der Nacht einen Herzinfarkt. Er kann nicht fahren, außer im Traum. Irgendwie ähnlich geht es einem, wenn man in diesem

wunderbaren Museum zurückfährt in ein vergangenes jüdisch-wienerisches Wien.
Und ich bin ja so froh über die kompetenten Museumsbetreuer, die mir sagen: Aber geh, so schlimm (war es zwar) ist es aber nicht. Nein, wirklich nicht. Es gibt sogar, sagen sie und glaub' ich ihnen, eine wienerisch-jüdische Zukunft. Sie lebe hoch.

Spaziergang neben dem Nichts

Hans Weigel war der österreichische Reich-Ranicki, nur besser. Aber so ist es ja oft, wenn man große Österreicher und große Deutsche miteinander vergleicht. Die unsern sind bedeutender und unbekannter.

Weigel war nicht nur Kritiker, glänzend und boshaft. Er war Romancier, Dramatiker, Lustspielautor, Librettist, Kabarettist, Polemiker, Kulturhistoriker, Musikologe, Essayist, Feuilletonist und überhaupt ein Freund der Musen und Musinnen.

Er saß mit ihnen im Café, hielt Händchen, Köpfchen und sonstige literarisch relevante Körperteile, bepuderte sie mit Ratschlägen wie den Topfenstrudel mit Streuzucker, veranstaltete Lesungen, Symposien, Sammelbände, buserierte Verlags- und Theaterdirektoren, bis seine Liebkinder gedruckt, gespielt und berühmter wurden als er.

Der sehr böse Kritiker Weigel war ein sehr liebenswürdiger Mensch – bei unbarmherzigen

Schreibern aller Art keine seltene Kombination, sie kompensieren Wut auf dem Papier mit Güte in der Natur. Der Förderung durch Hans Weigel entrann keiner.

Wie Erzherzog Johann auf jeder Alm uneheliche Kinder so zeugte Hans Weigel in jedem Kaffeehaus Schriftsteller. Er gab ihnen solange die Brust, bis aus Nebbichs Talente wurden, aus Talenten Genies, und mit den Genies zerstritt er sich dann.

Weigel ist die Zieh- und Schwiegermutter der gesamten österreichischen Literatur nach 1945 – von A wie Artmann und B wie Bachmann, E wie Eisenreich, H wie Marlen Haushofer zu J wie Jandl, K wie Georg Kreisler, M wie Mayröcker, Qu wie Qualtinger, W wie Oswald Wiener.

Während heutzutage die Schubladen für Journalisten und Literaten, Kolumnisten und Dichter streng getrennt gehalten werden – was Kümmerwuchs beschert in allen Sparten –, war Hans Weigel die ganze, breite Kommode.

»Man darf meine Position nicht überschätzen«, sagte er kurz vor seinem Tode, »ich hatte nur selten Erfolg. Genau genommen nur dreimal: bei der Verhinderung einer Musikolympiade in Salzburg, bei der Wiederaufstellung der Flußfiguren an der Wiener Albrechtsrampe und, das war das Schwierigste, bei der Korrektur einer Tonbandansage der Post.«

Weigel war der ungenierteste Spaziergänger am

österreichischen Abgrund. Aus Schnitzlers »Liebelei« zitierte er die Dialogstelle:
»›Der Vater hat früher einmal auch Lieder komponiert. Sehr schöne.‹
›Und jetzt nimmer.‹
›Jetzt nimmer.‹«
Weigel: »Schnitzler setzt hinter dieses ›Jetzt nimmer‹ die Regieanweisung ›Pause‹. In dieser Pause ist Österreich.«
Die Resignation ist die österreichische Regieanweisung für glückliches Weiterleben. Weigel spielte sein Lebensstück perfekt. Die kleine Form, mit der er sich beschied – außer vier Romanen nur Klein- und Kleinstkunst –, wuchs unter seinen hausfraulichen Händen zu einem weitgespannten, endlosen Strudelteig. Er nannte die Speise (im Untertitel seines Essaybandes »Oh du mein Österreich«) »Versuch des Fragmentes einer Improvisation«.
Daß der Mensch sich ändert, ist der beste Beweis dafür, daß er ein Mensch ist. In seiner Jugend, das heißt bis ungefähr 70, war Hans Weigel der böse Kritiker, der wilde Antikommunist. Dann aber war gegen den alten, weisen Weigel der heilige Paulus ein Waisenknabe. Er war den Christen ein Christ, den Juden ein Jude und gleich auch noch den Antisemiten ein Antisemit.
Er gründete einen »Schutzverband gegen die Auswüchse des kritiklosen Philosemitismus«. »Darf man denn als Jude keine schlechten Ei-

genschaften haben«, fragte Weigel, Jude mit schlechten Eigenschaften, und hoffte, »daß es Zeiten geben werde, in denen man ungestraft auch auf Juden werde schimpfen können wie auf Ärzte, Anwälte, Automechaniker. Aber das hat uns leider – ja wer denn? Adolf Hitler? Theodor Herzl? – verpatzt.«

Bald nach 1945 glücklich zurückgekehrt aus der Schweizer Emigration sang Weigel zur Melodie des Fiakerliedes (»I hab zwa harbe Rössel«) »I bin a rechter Linker«, nächste Strophe: »I bin a linker Rechter«.

Seine glücklichste Zeit war, als die Grenze des kalten Krieges mitten durchs Café Havelka verlief, dann in einem sanften Bogen durchs Café Raimund und schnurgerade weiter zum Café Museum.

Hans Weigel und sein Freund, dann Feind, dann wieder Freund, Friedrich Torberg erregen als »Brecht-Verhinderer« bis heute die Wut progressiver Germanisten. (Weigel: »Dichtung verhält sich zur Germanistik wie Liebe zur Gynäkologie.«)

Weigel hielt Brecht für »einen der größten Lyriker deutscher Sprache« und Brechts Gedicht »An die Nachgeborenen« für »das größte Gedicht deutscher Sprache und eines der fortschrittlichsten«.

»Freilich, als der kalte Krieg auf dem Höhepunkt war ... wollten wir, Torberg und ich, uns dahingehend äußern, daß man in einer Zeit, in der sich eine wirkliche Bedrohung durch das damalige Ostregime gegen uns gerichtet hat, Brecht nicht aufführen soll ...«

»Sich dahingehend äußern« ist gut. Mit aller Gewalt, die Großliteraten über die restliche Literatur haben, mit großer Gewalt also, hat das Gespann Weigel-Torberg jede Aufführung von Brecht in Österreich jahrelang unterdrückt.

Ich war damals Jungredakteur bei Torbergs FORVM und kriegte anstandslos eine ganze Druckseite zur Darstellung meiner Gegnerschaft zu den Brecht-Gegnern. Zugleich war ich stolz über eine Urkunde, die an der Wand unseres Redaktionskammerls hing: ein Ausriß aus der »Prawda«: Das FORVM sei jenes reaktionäre Blatt, in welchem Torberg und Weigel erfolgreich verhinderten, daß Österreich sich der kommunistischen Kunst, Kultur und Ideologie anschloß.

Hinterdrein könnte man heute sich entschuldigen, wir seien doch eigentlich gar keine Antikommunisten gewesen, nur Antistalinisten, aber was soll die Behübschung.

Weigel und Torberg und noch ein paar Reaktionäre hielten dem Ansturm des Weltkommunismus auf Österreich stand wie weiland die Wiener der Türkenbelagerung. Ihre befestigten Kaffeehäuser erwiesen sich als uneinnehmbar, ihre Barrikaden aus Marmortischerln und ihre Artillerie aus Mokkatassen waren hochwirksam.

Gnadenlos wurden alle Kommunisten weggeschossen, auch wenn sie gar keine waren, und sicherheitshalber auch alle Antikommunisten, weil sie nicht genug antikommunistisch waren.
Jahrzehnte später, auf dem österreichischen Schriftstellerkongreß im Wiener Rathaus, gaben sich der rechte Hans Weigel und der linke Erich Fried die Hand. Donnernder Beifall. Zwei Harte waren weich geworden.
Ja, was ist das schon, ein Literat? Hie die Weigels und Torbergs – hie die allmächtige Sowjetunion. Don Quijote und Sancho Pansa gegen die Windmühlen: Wer wer war, stellte sich erst jetzt heraus. Die Intellektuellen waren die Windmühlen und der Kommunismus der Don Quijote.
Ja, das ist schon was, ein Literat. Er hat, definierte Weigel, »die Macht der Ohnmächtigen«.
Karl Kraus war Weigels Gott und Gegenteil. Der größte Unterschied zwischen Kraus und Weigel ist der gemeinsame Witz. Der Kraus'sche lebt üppig vom Haß auf die Wiener, Österreicher und überhaupt alle – der Weigel'sche ebenso üppig von der Liebe zu den Wienern, Österreichern und überhaupt allen.
Zu Zeiten, als das Meer der Kunst noch wogte ohne den Algenteppich der Kulturindustrie; als auf das Schäumen der Kritik noch das Schäumen der Kritisierten antwortete – gab die Burgschauspielerin Käthe Dorsch ihrem Kritiker Hans Weigel (in der Museumstraße unter dem

Fenster der FORVM-Redaktion, ich hörte es schallen) zwei Ohrfeigen, damals hatte die Handarbeit goldenen Boden und nicht der Computer.

Sollte es eine pädagogische Wirkung der Prügelstrafe geben? Weigel wandelte sich, nicht gleich, aber nach Jahrzehnten. Zuletzt konnte er alles verstehen und allen verzeihen.

Zunächst freilich ging er zu Gericht. Im Saal saßen solidarisch alle BurgmimInnen. Raul Aslan sprang auf und forderte die Todesstrafe für Weigel. Das Gericht folgte ihm nicht, sondern belegte die Dorsch mit 500 Schilling (70 DM) wegen »tätlicher Mißhandlung ohne Anführung bestimmter Tatsachen«.

Weigel und Torberg entzweiten sich über die Nona-Frage, wer von den zweien der bessere Antikommunist sei. Als ihnen dies fad wurde, probierten sie's mit tieferem Streit. Torberg hielt sich für einen jüdischen Schriftsteller, Weigel für einen österreichischen. Natürlich hatten beide recht. Sie waren so jüdisch, wie man nur sein kann, wenn man Österreicher ist, und so österreichisch, wie man nur sein kann, wenn man Jude ist.

Weigel war, rief ihm sein Kollege Milo Dor nach, »der letzte Mohikaner aus dem Stamme des jüdisch-intellektuellen Wien«. Ferner war er der letzte Mohikaner aus der Prärie des Feuilletons. Der letzte Mohikaner aus dem Schattenreich des

Antikommunismus. Der letzte Mohikaner, der die alten Staatsparteien liebte, die rote und die schwarze, und zwar, »wenn er mit einer zu tun bekam, immer die andere«.
Ach, er war soviel letzter Mohikaner, daß er ein ganzer letzter Mohikanerstamm war. Wie sollen soviel Leute Platz haben im hübschen kleinen Ehrenwigwam auf dem Wiener Zentralfriedhof?
Der Tod, nachdem er den letzten Ur-, Alt-, Groß- und Nichts-als-Österreicher geholt hat (daheim, in seinem gemütlichen Landhaus in Maria Enzersdorf bei Wien; 83jährig; Herz- und Lungenschwäche), spricht nun zu den hinterbliebenen Österreichern: Ich habe das meine getan, tut nun das eure, geht in die EG.
Ja, Österreich ist jetzt endlich EG-reif. Jetzt hilft nur noch unsere bewährte Hinterfotzigkeit. Schafft zwei, drei, viele Weigels!

Jeder Mensch ein moderner Dichter

Wir alle sind moderne Dichter: Sie sind keine Helden, und sie produzieren keine Helden. Wir auch nicht. Ihr Thema ist der Alltag in allen seinen Variationen, von Langeweile zur Katastrophe und wieder retour. Das ist auch unser Lebensthema. Sie reimen nicht. Wir auch nicht. Sie schreiben unverständlich. Unser Leben ist auch unverständlich. Also sind wir sehr verwandt.

Diese Verwandtschaft von einfachen Menschen und komplizierten Dichtern wurde mir unlängst dramatisch bewußt, binnen 48 Stunden, die ich damit verbrachte, Filme zu sehen, so ziemlich ununterbrochen, in einer Jury sitzend für den Preis der Stadt München, »Literavision«: Fernsehfilme über moderne Dichter, eine abseitige Sache, immer so gegen Mitternacht laufen sie, mit lächerlichen Einschaltquoten.

Aber dies wird hier kein Bericht über Literatur oder Fernsehen, sondern im Gegenteil. Er soll von uns handeln, nicht von Dichtern, außer eben daß wir auch Dichter sind. Je mehr Filme, aus vorerwähntem Anlaß, ich sah, und je öfter – nämlich jeden zweimal, denn in den kargen Schlafstunden liefen sie mir alle noch einmal durch den Kopf –, desto weniger hochkulturig wurde mir zu Mute. Alle diese modernen Dichter sind sowohl stinkverrückt wie stinknormal. Also stinken sie wie wir.

Der ausgezeichnetste – er wurde auch tatsächlich ausgezeichnet – Dichterfilm, einstündig, war der über Friederike Mayröcker, von Carmen Tartarotti. Frau Mayröcker schreibt, meint die Literaturwissenschaft, »konkrete Poesie«. Die heißt so, weil sie sehr abstrakt ist. Mit einigen Worten, einigen Sätzen soll der ganze Weltzusammenhang, die gesamte Lebenserfahrung getroffen werden.

So beschreibt Frau Mayröcker das/ihr/unser Leben: »Da näherte sich plötzlich ein Schwan, stieg behäbig aus dem Wasser und bewegte sich auf seinen breiten Füßen auf mich zu, deutete an, daß er gefüttert werden wollte, doch ich hatte nichts bei mir, nur Steine, da verließ er mich und schwamm mit leisem Pfeifen davon ...«

Frau Mayröcker ist Pensionistin im besten Alter, 1994 ist sie 70, in Wien, und lebt auch so. Ihre Wohnungstür hat eine spezielle Verriegelung, zwei oder drei Schlösser und ein Scherengitter zusätzlich.

Wenn sie verreist, immer seltener, legt sie auf

den Vorzimmerboden ein Schild »ALLES IST TABU«. Sie weiß, daß es gegen Einbrecher nichts nützt. »Es ist ein Spiel«, sagt sie.
Alle Pensionisten spielen dieses Spiel.
Frau Mayröcker will ihre Wohnung am liebsten gar nicht verlassen. Sie möchte hier ihre verbleibende Lebenszeit zubringen. Zwar geht sie gern spazieren, aber meist fehlt ein ausreichender Antrieb. So bleibt sie daheim, abgesehen vom Einkauf im Supermarkt.
Das alles kennen wir doch alle. Das soll ein Dichterleben sein? Aber vielleicht – zumindest in unseren Zeiten – schreiben die Dichter gar nicht vom Außergewöhnlichen, sondern von dem, was zum normalen Spießerleben paßt, zu unserem, zu ihrem.
Das Ungewöhnlichste, das der Mensch erleben kann, ist und bleibt das Leben selbst.
»... und während ich die ersten Bissen der Mahlzeit hinunterschlinge, macht sich eine Verminderung meines Heißhungers schon bemerkbar, verspüre ich schon, wie das Heißhungergefühl abnimmt, wie der Platz für weitere Speisenaufnahme sich verringert, Sattelmagen Sackmagen Henkel ... Füße hängend von Bettkante, Wollsocken sommers und winters, Hausschuhe, schmutziger Wams ... und in der Mitte des Himmels der dunkle Vogel, wie ein Winken von schwarzen Wimpern schweift er am Fenster vorüber, berührt beinah die Scheiben, sekunden-

lang zwischen dem Rosengewölk, und sekundenlang fühle ich etwas wie Glück, so ein zaghafter Versuch ...«

»Je radikaler meine Schriften werden, desto mehr entradikalisiert sich mein Schuhwerk«, sagt die Dichterin. Sie trägt im Sommer bequeme Turnschuhe, im Winter hohe Schnürschuhe, »die auch nicht sehr ansprechend sind«, fügt sie hinzu. »Früher trug ich ganz hohe Stökkelschuhe, überhaupt sehr modisch betonte Kleidung, ich war ja so eitel, ich kann das gar nicht verstehen heute.«

So reden ganz normale Menschen und nicht Dichter – die müssen doch dichterisch reden oder wenigstens, wenn es moderne sind, unverständlich. Doch das Geheimnis der Dichter, der dichterischen wie der unverständlichen, ist einfach, daß sie den Schlüssel zum Leben besitzen. Und das Leben ist nicht gesondert in Leben der Dichter und Leben der sonstigen Menschheit, sondern es ist das *eine* Leben, das wir haben.

Dichterin Mayröcker trifft eine Angehörige der sonstigen Menschheit »im Gassenlokal, ich stehe auf, ihr zu zeigen, daß ich sie schätze, wir reichen einander die Hand, sie sagt, Sie wissen ja, seit diesem Verlust (ich weiß es nicht), ich komme nicht drüber weg, Sie wissen doch – eine mich aus der Fassung bringende Frage, die ich bejahe, ja ja, ich habe gehört, bedaure ich, die Lüge geht mir glatt über die Lippen, und jetzt, fragt sie, hat es noch Sinn, weiterzuleben, ich bejahe auch diese Frage, diesmal lüge ich nicht, sie scheint erleichtert, erlöst, dankt mir, verläßt das Lokal, habe ich endlich gelernt, wer ich bin, frage ich mich …«

Ja, das ist was anderes als Fernsehen. Verglichen mit der Wirklichkeit der Welt ist die Wirklichkeit des Fernsehens ein Schwindel – ein Filter zwischen uns und der Wirklichkeit, manches wird durchgelassen und manches nicht. Soll besonders wenig durchgelassen werden, wird der Filter doppelt und dreifach zwischengeschaltet. Das Fernsehen ist ein Gefängnis. Alles sehen wir fern. In der Nähe gesehen, bleiben wir fern.

Wir modernen Menschen denken nur an uns, jeder an sich selbst. Die modernen Dichter auch. Unerhört, mit welcher peinlichen Genauigkeit, genauen Peinlichkeit wir uns um uns Sorgen machen, wir um uns selbst und sonst um gar nichts. Ein Zoom ist in uns eingebaut – in uns und in die modernen Dichter, in uns, die wir moderne Dichter sind (postmoderne gibt's ja keine, Postmoderne ist das nackte, hübsche Nichts).

Kein klassischer, kein romantischer Autor hätte sich je mit dem beschäftigt, womit sich unablässig, besessen, die modernen Dichter befassen. Friederike Mayröckers Zoom reicht von den Frühstücksbröseln bis zum Tod:

»Die Speisen verfehlen allmählich den Mund,

verfallen dem Leib, verfaulen, verfallen im Leib, fallen zwischen meine leicht gegrätschten Beine Beinkleider, und zu Boden, besudeln zuvor den Sitz, den schmalen deltaförmigen Ausschnitt zwischen den Beinen Beinkleidern. Dorthin fiel das Essen, dann erst zu Boden, unter den Tisch, zu meinen Füßen ...«

Keine Sozialreportage kann präziser den Weg beschreiben, den der moderne, mit Rente gesicherte Mensch ungesichert bis an sein Ende geht.

»Ich höre, ich sehe, was höre was sehe ich, das Ausblasen das Ausgeblasenwerden der Herzen, Fliege und Regen, Zweige des Funkelns; das Summen der Fliege, das Regnen ans Fenster haben mich heute geweckt – sollte ich diesen Morgen etwa mit einem Totschlag beginnen? Wann werde ich ausgeblasen, es gibt etwas Verlassenes in dieser Welt.«

Gefühlvoller geht's nicht, sentimentaler ist auch nicht der alte Schlager »Regentropfen, die an dein Fenster klopfen«.

Unsere Einsamkeit. Mann Frau Hund ein zwei Fernseher – die moderne Idealfamilie. Bei Dostojewski kommen soviel Menschen vor, daß es hinten immer ein genaues Verzeichnis gibt, sonst kennt man sich nicht aus mit all den russischen Namen. Thomas Mann schildert Familien bis in die feinsten Verzweigungen und über mehrere Generationen. Heimito von Doderer mußte sich auf Reißbrett und Zeichenblatt mit

Buntstift seine Figuren und ihre Beziehungen geometrisch notieren, sonst verlor er selber die Übersicht. Wir aber:
»Als ob die *wirklichen* Lebensaugenblicke sich dir immer auf eine unerklärliche Weise entzogen hätten, als ob du bei allem, was du gesehen, gesprochen, getan hast, gleichzeitig immer an etwas anderes gedacht hättest ... du konntest dich nie auf eine Sache längere Zeit konzentrieren, du konntest sie nicht wirklich an dich heranlassen, sie dir nicht tatsächlich ähnlichmachen, immer war da etwas dazwischen, eine Zerstreutheit ... irgend etwas, das sich zwischen dich und die Menschen, zwischen dich und die Dinge zu schieben schien ...«
Mehr erzählen die modernen Dichter nicht. Erzählt einer mehr, fallen die Kritiker über ihn her, wie über den armen Peter Handke, als er, statt nur von sich selber zu stammeln, über andere zu erzählen anfing. Freilich wurde er wirklich fad dabei.
Der moderne Mensch lebt im Gefängnis seiner selbst, ein Egoist, der sich vor lauter Egoismus selber umbringt. Liebe – was heißt da Liebe: der lächerliche Zweisilbler. Se-xu-a-li-tät: Auch die fünf Silben taugen nichts. Und die eine (Sex) erst recht nichts. Information, Kommunikation, soziale Kommunikation – alles Schwindel. Was wir uns aufbauen, erzählt Frau Mayröcker, ist immer nur unser Gefängnis:

»Vielleicht spiele ich mir das alles nur vor, Katarakte des Auges, dunkles Blut einer Pelargonie, in Blütenform also blutstropfenweise verstreut, die Beunruhigungen durch die Liebe sind überstanden, manchmal, sekundenlang, in allerfeinsten Erinnerungen schwelgend ... mein Herrverzehr Herzverzehr ...«
Rückzug aus der Liebe: »Bei Sturm geduckt durch die Wälder immer geduckt, durch das Spähfenster, draußen die Welt immer draußen, ich immer drinnen, durch mein grünes Ohr und Zungengebüsch, durch mein winziges Spähfenster habe ich alles beobachten können, hier drinnen, rufe ich, finde ich noch ein wenig Halt, sonst Irrung und Finsternis, Seelenanstrengung ... wie soll man wissen, wann alles begann, mit sich allein braucht man sich nicht vor seinem Gesicht zu schämen ...«
Hat Freud uns alle Freud' genommen? Der wissenschaftliche Blick – wer weiß, ob das die richtige Wissenschaft ist? – hat uns die Seele getrübt. Seit Freud haben wir endgültig eine Psychologie ohne Psyche. Die Seele war der universal verwendbare Rohstoff der alten Dichter, die Seele des Menschen identisch mit der Seele der Welt, ein unstillbarer Quell. Er sprudelt noch wo, aber wo, fragen die modernen Dichter, fragen wir, die wir lauter moderne Dichter sind.
»Wir leben«, bestätigt Friederike Mayröcker, »im Kontrast zur Welt, in uns ist ein großer Anta-

gonismus zur Welt vorhanden, mit immer wiederkehrenden Irritationsgefühlen, widerstreitenden Positionen, zerfallenden Lebensgrundsätzen, chaotischen inneren Kräften ...«

Und trotzdem bringt der moderne Mensch, bringt der moderne Dichter, ein Leben zustande, ein Werk zustande. Frau Mayröcker, die schwarz und schlampig gekleidete, die sich in ihrer Wohnung verschließt, von tausenderlei Papier umgeben und mit einer einzigen grünen Topfpflanze auf dem Fensterbrett, sie ist eine großartige, disziplinierte Schreiberin, Beschreiberin des wirklichen modernen Lebens.

»Denn die Hand, wenn Hand für Wirklichkeit steht, wird beschrieben von der Innenseite des Handschuhs aus, der diese Hand umschließt. Oder etwas wird abgepaust, etwa von den Wirklichkeiten der Mutter, oder jenen des Freundes, oder des Vogels im kahlen Baum ... Partikel der Außenwelt, ergeben unter günstigen Umständen abstrakte Sprachgebilde, fast mühelos, oder sie tauchen am Ende einer langen Assoziationskette auf, wie Geschenke des Himmels ... Die Poetin als Gassenfegerin! Krämerin! Lumpenfrau! Die Poetin als Kleptomanin ...«

Für Frau Mayröcker genügt der Alltag als Feld zum Ernten und Stehlen. Wir sind alle Poeten des Alltags, nur ist die Dichterin noch viel genügsamer. Seit zehn und mehr Jahren überlegt Friederike Mayröcker, ihre Wohnung ausmalen zu lassen. Es geht nicht. Die unendlich vielen Bücher, Papiere, tausenderlei griffbereite Gerätschaften zum Leben und Schreiben, Schreiben ist gleich Leben. »Wenn ich alles in Ordnung bringe, ist dahinter das Chaos noch viel größer«, sagt sie.

Jeder Mensch ist ein Künstler, lautete das Motto der Dadaisten, dieser dichtenden Kinder des Chaos, deren Zentrum eine Zeitlang, und nicht zufällig, das (schein-)ordentliche Zürich war. »Man steht«, schreibt Friederike Mayröcker, »zu Beginn der Arbeit immer vor dem NICHTS, einem Abgrund, vor dem einen schaudert – man wird geschüttelt vor Angst ... so treibt einen schließlich doch etwas dazu, ein unstillbares existentielles Verlangen, den Sprung in die Tiefe zu wagen, und es beginnt alles von neuem, man fängt zu arbeiten an ...«

Er ist doch ein Held, der moderne Mensch.